화산전생

정준 신무협 장편소설

ORIENTAL FANTASY STORY & ADVENTURE

★
dream
books
드림북스

화산전생 4

초판 1쇄 인쇄 2017년 6월 19일
초판 2쇄 발행 2018년 7월 20일

지은이 정준
발행인 오영배
기획 박성인
책임편집 이대용
표지 일러스트 eunae
디자인 권지연
제작 조하늬

펴낸곳 (주)삼양출판사 · 드림북스
주소 서울시 강북구 도봉로 173
대표 전화 02-980-2112 **팩스** 02-983-0660
편집부 전화 02-980-2116 **팩스** 02-983-8201
블로그 blog.naver.com/dreambookss
출판등록 1999년 3월 11일 제9-00046호

ⓒ 정준, 2017

ISBN 979-11-283-9196-5 (04810) / 979-11-283-9192-7 (세트)

드림북스는 (주)삼양출판사의 판타지 · 무협 문학 브랜드입니다.

화산전생

華山前生

4

정준 신무협 장편소설

ORIENTAL FANTASY STORY & ADVENTURE

dream books
드림북스

목 차

第一章
환골탈태(換骨奪胎)

　영마파, 갈거파, 살가파.

　라마교의 삼대 종파(宗派)다.

　종객파는 그중 영마파(寧瑪派)의 승려이다.

　영마파는 붉은 법복 차림에 모자를 착용해 홍교(紅敎)라
고도 불리며, 동시에 제일 오래된 종파다.

　서장에서 제일 널리 알려진 종파이긴 하지만, 애석하게
도 그 힘은 타 종파에 비해 크지 못했다.

　"본 파는 사제나 부자간에만 단독으로 전해집니다. 그
탓에 불법 내용이 세월이 갈수록 달라지기도 하고, 또 자기
들끼리만 어울려서 그런지 세력이 워낙 분산적인지라 안정

적이고 강대한 세력을 형성하지는 못했습니다."

즉, 도중에 불법 내용을 잘못 해석하거나 잊어버린다고 해도 그걸 지적할 사람이 딱히 없다는 의미다.

아비나 스승이 세상에 존재하지 않으면 곧 자신의 생각과 말이 불법으로 변했다.

"갈거파나 살가파처럼 정권이나 교권 확장 및 강화에 나선 것도 아니라서 힘이 그다지 강하지 않지요."

"중원의 불학에 대해서도 그리 관심이 없는데 서장에 대해서 이야기를 들으니 참으로 감동이군요. 하하."

"허어, 시주께서 이리도 관심을 가져 주시니…… 이 중은 참으로 기뻐 말로 헤아릴 수 없을 정도입니다."

"아뇨, 관심 없다는 뜻인데요."

주서천이 정색했다.

"우습게 보인 건지 이 약하고 늙기만 한 중을 타 종파에서 구박하더군요. 야박하다 생각하지 않습니까?"

"이보시오, 스님. 제 말 듣고 있습니까?"

"흘흘흘!"

종객파가 치매 걸린 노인처럼 웃었다.

"이 중도 슬슬 장난은 그만하고, 조금은 진지해지겠습니다. 시주, 시주의 정체는 대체 무엇입니까?"

친근한 할아버지처럼 선한 눈매가 매섭게 떠졌다.

"두 시진 전, 대설산에서 시주께서 상대한 라마승들은 포달랍궁에서도 손꼽힐 정도는 아니나 그래도 고수에 속하는 무승(武僧)입니다. 그들을 하나도 아니고 여럿을 상대했을 뿐만 아니라, 압도하다니……."

두 눈으로 목격했지만 도저히 믿을 수 없었다.

"그러한 무인, 그것도 시주처럼 약관의 고수가 있다는 건 들어 보질 못했습니다. 설사 중원의 오룡삼봉이라 할지라도 그와 같은 일은 불가하지요."

종객파는 추궁하듯이 말을 이어 갔다.

"설사 힘에 미쳐 인륜을 저버리고 마도를 택할지라도 그러한 무위는 불가능한 걸로 알고 있습니다. 하면 감히 추측해 보건데 시주께서는……."

침을 꿀꺽 삼키며 다음 말을 기다린다.

"혹, 반로환동(返老還童)의 고수는 아닌지……?"

노고수가 무공으로 화경을 넘어, 아득한 경지에 이를 경우 나타나는 현상을 의미한다.

주안술처럼 주름이 사라지고 피부가 고와지는 것뿐만 아니라 신체 구성 요소 자체가 회춘한다.

삭고 닳아 버린 뼈, 힘을 잃어 떨어져 나가는 치아, 쓰면 툭 끊어질 것 같은 근육 등이 전성기 시절을 되찾는다. 다만 정말로 전설 속에서나 나오는 경지였다.

"하하하!"

주서천이 허리를 뒤로 젖히면서 크게 웃었다.

"스님. 그런 말 하고 다니시면 더더욱 미친 늙은이 취급 당합니다."

화경을 넘어 환골탈태를 할 경우 확실히 젊어진다. 하지만 많아 봤자 십오 년이었다.

상천십좌조차도 반로환동을 이루지 못했다. 그만큼 허무맹랑한 경지다.

존재하지 않았던 건 아니지만, 시대적으로 무공이 신(神)급에 올랐던 괴물들만 도달했던 수준이었다.

"스님. 이제 정말 여기까지입니다."

라마승을 전멸시키고 대설산에서 내려왔다. 목적이었던 천년설삼은 회수했다.

"그럼 이 이후로 다시는 보지 맙시다."

'종객파…… 내려오면서 기억을 더듬어 봤지만 역시나 미래에는 알려지지 않은 이름이야. 이 미친 늙은 중을 구했다고 미래가 크게 바뀐 건 아니겠지?'

중원에 대해서는 자세히 알고 있지만, 새외 세력은 세세하게 알지는 못했다.

그 탓에 대설산에서 구해 주기 전에 잠시 고민했다.

'그러기를 빌자.'

이런저런 의문이 남지만 깊게 생각하지 않기로 했다. 물은 이미 엎질러졌다.

"아 참, 그리고 스님."

주서천이 떠나려다가 발걸음을 멈췄다.

"중원이건 서장이건 자고로 무림이란 은원(恩怨)을 중시하지 않습니까. 스님께서는 저에게 생명을 빚졌으니, 그 대가로 저에 대해서는 비밀로 해 주셨으면 합니다."

사문과 성명을 발설하는 실수를 저질렀다. 아직 눈에 띄기에는 이르다. 서장 무림에서는 더더욱 그렇다.

"그건 어렵지 않은 일입니다. 다만 두 번이나 이 늙은 중의 얼마 남지 않은 삶을 구해 준 시주에게 별다른 보답도 하지 못하고 보내야 하는 것이 신경이 쓰이는군요."

"한 번은 저에 대해서 숨겨 주는 것이고, 또 한 번은 쟁여 두겠습니다. 훗날 저나 중원 무림이 위험에 빠진다면 그때 도와주십시오."

괜히 어찌할지 고민이라도 했다간 이 뻔뻔하기 그지없는 늙은 중이 또 다른 부탁까지 할 것 같았다.

대설산에서 내려오면서도 계속해서 라마교에 대한 사정 설명을 하면서 도와 달라는 어감을 풍겼다.

당연하지만 어림없다면서 전부 거절했다.

"허어, 시주께선 그야말로 모든 이의 귀감이구려."

종객파가 짐짓 감탄하면서 말을 이었다.

"사람이라면 응당 사사로운 욕심이라는 것이 있을진대 한 치의 망설임 없이 중원 무림의 평안을 바라시는 점에 이 늙은 중은 탄복하였습니다."

'어차피 대수인(大手印) 가르쳐 달라는 건 불가능할 것이 뻔하고, 영약을 가지고 있을 것 같지도 않으니까. 중원 무림의 평안? 바라지도 않는다.'

종객파 스스로가 포달랍궁에서 제일 약세인 영마파의 승려라고 말했다. 도움은커녕 도움을 줘야 한다.

그 사정을 모르는 것이 아니기에 아무렇게나 대충 대답해 줬을 뿐이었다.

"알겠습니다. 중원이 위험에 빠진다면 포달랍궁 내에서 불협화음이 나올지라도 시주를 위해서 한걸음에 달려 나가도록 라마 앞에 맹세하겠습니다."

"그러면 이제 정말로 갈 길 가는 겁니다. 또 누군가에게 괜히 습격받지 말고 조심하십시오. 그리고 제가 장이 안 좋아 빨리 뒷간에 가고 싶어서요. 이제 그만 저 좀 놔주십시오. 그렇지 않으면 스님 앞에서 지려 버릴지도 모릅니다."

주서천의 협박에 종객파가 몇 걸음 뒤로 물러났다.

"그럼, 조심히 가시길 바랍니다."

종객파가 합장(合掌)했다.

　　　　　＊　　　　＊　　　　＊

　주서천은 중원으로 돌아가기 전, 한적한 곳을 찾아 가부좌를 틀고 천년설삼의 복용 준비를 끝냈다.

　주변 동물이나 맹수를 처리하고, 동굴의 입구도 바위로 막아 냈다. 빛 한 줌 들어오지 않아 어두컴컴했으나, 주서천에게는 별 장애가 되지는 않았다.

　의복도 벗어서 한쪽에 가지런히 정리해 나뒀다.

　실오라기 하나 걸치지 않은 몸이었다.

　"이러다가 영약왕이라고 불리겠군."

　천년설삼을 조심스레 들어 흙을 털어 냈다.

　정말로 영약이란 영약은 모두 복용하는 것 같았다.

　수령신과, 소환단, 만년화리, 칠각사, 천년설삼.

　이 다섯 중 하나만 해도 무림인이라면 눈을 벌겋게 뜨고 덤벼들 가치를 가졌다. 그런데 이것들을 전부 복용했다. 이렇게 나열하고 보니 새삼 미래에 대해 알고 있는 것이 얼마나 대단한 것인지 느낄 수 있었다.

　주서천은 천년설삼을 이리저리 살펴보다가, 이내 입 안에 털어 넣어 잘근잘근 씹어 식도로 넘겼다.

　꿀꺽!

'자, 이제부터다.'

환골탈태는 이론만 알고 있을 뿐, 그도 겪은 적이 없었다. 압도적인 내공이 필요하거나, 혹은 화경에서 그 위의 경지에 오를 때나 가능하기 때문이었다.

두근두근.

두 가지 기운이 밧줄처럼 꼬여 아래로 내려가 단전에 도착했다. 기운은 영기(靈氣)와 음기(陰氣)였다.

'후읍!'

괜히 천년설삼이 아니다. 복용하자마자 대해(大海)와 같은 내공이 물 밀려오듯이 들어왔다.

그래도 크게 당황하지는 않았다. 전에 천년설삼보다 더한 내공을 흡수한 적도 있었다. 바로 만년화다.

다른 게 있다면 성질이 반대라는 점이다.

'빠르게 하되, 서둘러서 일을 그르쳐서는 아니 된다. 자칫 잘못했다간 주화입마야.'

조심, 또 조심하면서 영기를 움직인다.

'환골탈태, 그 첫 번째.'

영기가 단전으로 들어오기 무섭게 전부 내쫓았다. 하단전에 모여 있던 영기가 몇백 줄기로 분산했다.

'부순다.'

사람이건 동물이건 뼈가 부러지고, 적절한 치료를 한다

면 다시 재생된다.

　그리고 그 재생 과정에서 뼈는 보다 튼튼해지는데, 환골탈태의 최초 단계는 이것을 중점으로 둔다.

　우드드득!

　영기가 성난 멧돼지처럼 저돌적으로 움직였다. 자비를 모르는 파괴자와도 같았다.

　장애물이 되는 건 전부 박살 냈다. 신체를 구성하는 뼈가 그 중심에 있었다.

　'쌍!'

　경지를 넘지 않고 압도적인 양의 내공만으로 행하는 환골탈태는 이런 부작용이 따른다. 고통이다.

　화경을 넘을 때는 깨달음을 얻는 순간 무아지경에 빠져서 환골탈태의 과정 도중 고통을 못 느낀다.

　하지만 지금은 스스로의 의지로 영기를 조정해 환골탈태를 해야 하는 탓에 의식이 깨어 있을 수밖에 없다. 그 탓에 끔찍한 고통을 전부 겪어야만 했다.

　전두골(前頭骨)부터 설골(舌骨)까지 이십삼, 환추골(環椎骨)부터 미추골(尾椎骨)까지 이십육, 흉골(胸骨)부터 늑골(肋骨)까지 이십오, 쇄골(鎖骨)부터 지골(指骨)까지 육십사, 대퇴골(大腿骨)부터 지골(趾骨)까지 육십, 골반(骨盤)이 이(二), 그 외에 소골(小骨) 육을 합하여 총합 이백육 개나 되는 뼈 전부가 박살 났다.

'끄아아아아!'

상상을 초월하는 고통에 정신이 아득해졌으나, 의식을 잃지 않기 위해 노력했다.

여기에서 정신이 끊기면 정말로 모든 것이 끝이다.

연체동물처럼 늘어져 아무도 오지 않는 동굴 안에서 죽는다.

파괴는 한 곳이 아니라, 곳곳에서 동시에 이루어졌다. 그만큼 고통도 중첩됐다. 전생과 현생을 통틀어서 이보다 더한 고통은 느껴 본 적은 없었다.

'끄흐윽!'

그 외에도 신체 이곳저곳이 무너져 내린다.

머리카락이 전부 빠져 한 올도 남지 않아 대머리가 됐다. 다른 곳의 털도 전부 떨어진다.

이후 피부도 뱀이 허물을 벗어 던지듯, 얇게 떨어져 나간다. 손톱과 발톱도 덩달아 떨어졌다.

'강제로 이루어지는 체질변환(體質變換)이 이렇게 힘들고 고통스러울 줄이야……!'

상천십좌는 경지를 올리면서 한서불침이나 환골탈태를 자연스럽게 이뤘다.

그 노력을 전부 무시하고 강제적으로 변환시키는 편법이

니 부작용이 따라도 어쩔 수 없다.

'두 번째……!'

하단전을 중심으로 줄기처럼 뻗어 나가 이백하고도 여섯 개 뼈를 박살 낸 영기가 끝에서부터 돌아온다.

그냥 돌아오는 게 아니다. 여전히 폭풍우 같은 기세로 나아가면서 신체 내부를 바꿔 간다.

'기맥(氣脈)!'

무인, 아니 사람의 기맥은 갓난아이일 적에는 그 통로가 넓고 깨끗하지만, 성장해 가면서 좁혀져 간다.

아무리 정순한 심법을 운용한다 할지라도, 이승이 선계(仙界)가 아닌 이상 탁기(濁氣)가 쌓여 간다.

그 탁기는 통로에 축적되어 결국 그 통로가 좁혀진다. 특히 임맥(任脈)과 독맥(督脈)의 경우, 좁혀지는 것을 넘어 아예 막혀 버린다.

주서천은 지금 천년설삼의 영기를 이용하여 이 기맥에 쌓인 탁기를 전부 제거할 생각이었다.

'없애 버려라!'

콰아아아!

영기가 폭포수처럼 굵은 줄기를 내뿜는다. 그 거센 줄기는 기맥에 들러붙어 있던 탁기를 밀어냈다.

탁기는 원래 있던 곳으로 향하려 했으나, 영기의 압도적인 힘에 밀려 별수 없이 뒤로 물러나야 했다.

기맥에 붙을 수 없으니 나가야 한다.

얼마 지나지 않아 피부의 무수히 많은 땀구멍에서 시커멓고 불길한 땀방울이 흘러나왔다.

탁기가 담긴 검은 땀에선 시체보다 더한 악취가 풍겼다. 세상의 것이 아니라 생각될 정도의 수준이었다.

'쉬펄!'

속으로 욕을 안 할 수가 없다. 호흡을 하고 있으니 악취를 곧바로 맡았다. 구역질이 나오는 걸 참아 낸다.

무아지경에 빠지고 싶어도 빠질 수가 없는 현실에 절망했다. 온갖 불평을 하면서 환골탈태를 진행한다.

기맥에 쌓인 탁기가 빠져나간다. 성장하면서 쌓여 갔던 탁기가 사라지니 기맥 전체가 넓어졌다.

'벌써 영약의 기운 반이 사라지고 없구나.'

신체를 구성하는 뼈를 전부 부수고, 탁기를 제거하는 것만으로도 천년설삼의 반이 날아갔다.

칠각사의 내단만으로 환골탈태할 수 없었던 게 당연하다. 그만큼 내공의 소모가 극심했다.

'그리고 세 번째, 완전 재생!'

환골탈태의 최후의 과정이고, 동시에 어떠한 질병이건 상처건 완전히 치유할 수도 있다.

우드드득!

'끄아아아아악!'

마음속에서 다시 비명이 울려 퍼졌다. 고통이 비명 속에 뒤섞여 있었다.

부러져 위치에서 벗어난 뼈가 원래 있던 곳으로 되돌아가고, 끼워 맞춰진다. 동시에 재생도 이루었다.

전처럼 똑같아지는 게 아니다. 보다 튼튼해졌다.

요란한 뼈 소리가 나면서 골격의 위치도 보다 완벽해졌다. 흔히들 말하는 천골지체(天骨肢體)다.

피부도 뱀이 허물을 벗듯 얇게 벗겨지고, 하얗고 보드라운 새살이 돋았다.

전부 빠졌던 머리카락도 새로 자란다. 밤처럼 어둡고 비단처럼 고운 머릿결이 바람에 흔들렸다.

빠졌던 손톱과 발톱도 다시 자란다.

생명이 용솟음친다. 발 빠르게 움직인다. 움직일 수 있을 만큼 힘을 냈다. 유례없는 속도다.

뇌가 쿵쾅쿵쾅 울렸다. 맥박이 터질 듯이 빠르게 뛴다. 온몸에 열이 올랐다가 차가워졌다.

이상 현상의 반복이 계속된다. 얼마나 시간이 걸렸는지는 모른다. 빛이 들어오지 않으니 낮인지도 밤인지도 확인할 수 없었다.

그리고⋯⋯ 시간이 흘렀다.

우르릉!

우레와 같은 굉음이 터졌다. 이후 동굴 앞에 쌓여 있던 돌무더기가 튕겨 나가며 바닥을 굴렀다.

주변에 있던 소동물들이 깜짝 놀라 도망쳤다.

얼마 뒤, 동굴에서 먼지구름이 걷히면서 사람이 천천히 걸어 나왔다.

군살 하나 없이 날렵한 턱 선, 뚜렷한 이목구비, 새하얀 피부, 균형을 넘어 완벽에 가까운 골격과 근육은 사람이 아닌 조형이 아닌가 싶었다.

"음."

환골탈태를 끝낸 청년, 주서천이 신기한 듯 몸을 이리저리 둘러보곤 어깨를 빙글 돌렸다.

뻐근함도 없고, 몸은 깃털처럼 가볍다. 정말로 자신의 몸이 맞나 의심이 들 정도의 수준이다.

눈을 감고 집중하여 기의 흐름을 느낀다. 예전보다 흐름이 원활할 뿐만 아니라 빠르고, 거대했다.

"어디 보자⋯⋯."

예한을 꺼내 햇빛에 반사되는 자신을 살펴본다.

환골탈태를 하면 외모에 변화가 생긴다.

몸에 있던 탁기를 비롯한 노폐물이 빠져나가고, 피부가 재생되고, 군살이 빠지며, 마지막으로 골격과 근육이 완벽하게 맞춰지니 미형이 될 법도 하다.

어릴 적에 수련하면서 생겼던 흉터도 사라졌다.

딱히 신경 쓰인 건 아니었지만 추억이 담겨 있었기에 그 점은 조금 아쉬웠다.

그러나 아쉽게도 환골탈태했다고 절세 미남이 되거나 하지는 않았다.

"그래도 본판이 받쳐 줘야 한다는 건가…… 더러운 현실에 치가 떨리는구나. 그래도 이 정도로 만족하자."

그래도 평균을 조금 상회하는 정도는 됐다.

어차피 외모에 그렇게까지 욕심은 없었다.

"예상은 했으나 내공은 눈곱만큼도 늘지 않았군."

솔직히 조금은 남을 줄 알았다. 그런데 남기는커녕 전부 깨끗이 사라졌다.

있던 내공을 소모하지 않은 걸 천만다행으로 여길 정도다.

"자, 이제 중원으로 돌아가자."

*   *   *

고금(古今)을 통틀어, 절대로 익혀선 안 되는 여섯 가지 무공이 있다. 이를 육대마공(六代魔功) 혹은 육대금공(六代禁功)이라 부른다. 하나같이 우열을 가리기 힘들 정도로 잔학무도해 무엇이 제일이라 칭하기는 어렵지만, 비교적 최근 이름을 떨친 것을 꼽자면 단연 흉마(凶魔)의 무공인 나인성공(螺湮城功)이다.

─무림금공서(武林禁功書) 中

청해(靑海), 곤륜산(崑崙山)

　　중원에서 북서 방향으로 곧장 나가면 북극성과 마주한 성산(聖山)이 나온다. 그 봉우리는 하늘에 닿을 정도로 드높고, 중원 오악에 지지 않을 정도로의 아름다우며 영험함을 지닌 명산(名山)이기도 하다.

　　목이 아플 정도로 들어야 언뜻 볼 수 있는 산봉우리는 평소 구름이 자욱하고, 산세도 험준해 무인이 아닌 이상 오를 수가 없다. 또한 그 아래에는 무저갱보다 깊은 계곡 사이로 중원인의 원류라는 황하(黃河)가 시작되어 중원의 산동(山東)까지 이어진다.

　　"흉마의 무덤이라 하였느냐?"

아래는 좁고 뾰족하고, 위는 넓고 평평한 기이한 봉우리 위에 세워진 누각. 눈처럼 새하얀 수염과 눈썹을 길게 기른 노인의 얼굴이 딱딱하게 굳었다.

곤륜파의 장문인, 상명진인(上鳴眞人)의 물음에 노년을 바라보는 중년의 곤륜 장로가 고개를 끄덕였다.

"허어, 어찌하여 그 흉하기 그지없는 이름이 다시 ……."

이백 년 전, 흉마는 등장과 동시 무림 멸망을 꾀하면서 중원을 침공했다.

그 세력과 무력은 중원을 넘어 새외 무림을 넘볼 정도였고, 정파와 사파는 일시적으로 동맹을 맺었다.

이후 몇 년에 이르는 분투 끝에 흉마에게 치명상을 입히는 데 성공하였으나, 그만 놓치고 만다.

불행 중 다행인 건 그 모습이 최후였다는 것이다.

흉마가 사라진 뒤로 은거했다거나 혹은 복수를 위해 힘을 기르고 있다는 등의 소문만 무성할 뿐, 결국 어느 하나 제대로 밝혀진 것은 없었다.

결국 몇십 년이 지난 뒤에서야 흉마가 추격을 피하려고 아무도 모르는 곳에서 치명상을 회복하려다가 끝내 버티지 못한 채 죽었을 거라 추측할 뿐이었다.

"그 저주받고 흉악하기 그지없는 무공이 다시 강호에 나온다니, 상상만 해도 끔찍하구나. 무슨 일이 있더라도 막아야 한다."

곤륜파가 소문의 진위 여부를 확인하겠다며 나섰다.

구파일방의 일파가 나서자 흉마의 무덤에 대한 소문이 더더욱 커졌다. 사람들의 흥미도 늘어만 갔다.

아니, 굳이 곤륜파가 아니더라도 주목을 받을 수밖에 없었다.

무림 공적이었던 흉마는 홀로 당대 최고수들을 동시에 싸워 승리했을 뿐만 아니라 살아남아 도망쳤다.

그 힘에 호기심을 갖고, 또 원하는 자들도 있었다.

설사 무림 공적이 될지라도 한 시대를 풍미했던 압도적인 힘을 얻을 수만 있다면 상관없다 여기는 것이다.

"흉마의 무덤이라고?"

마도이세 중 마교가 특히 관심을 보였다.

힘이라면 온갖 막장 짓을 저지르고, 지적 능력이 심히 떨어지는 마교도 육대금공에는 손대지 않는다.

육대금공을 연공하면 곧장 정파와 사파, 그 외에도 무림 세력들이 이를 명분 삼아 손을 잡고 협공한다.

그들이 관심을 갖는 건 흉마가 생전에 육대금공 외에도 여러 마공들을 수집했다는 사실이다.

물론 워낙 광적인 단체이다 보니 육대금공 자체를 원하는 자도 있었지만, 괜히 긁어 부스럼을 만들지 않도록 입을 다물고 의사를 숨겼다.

"흉마의 무덤이 정말인지는 모르겠지만, 조사할 가치는 충분히 있군."

마교도 흉마의 무덤이 잠들어 있다는 중원으로 정예 무인과 부대를 구성해 보냈다.

정파에서는 곤륜파, 마도이세에는 마교. 그리고 사파에서는 당연히 사도천이 나섰다.

"삼안신투의 비고가 발견된 지 얼마 되지도 않았는데 이번에는 흉마? 정말인가?"

사도천주는 의심했다. 아니, 사도천뿐만 아니라 다른 무림 세력들 역시 마찬가지였다.

채 십 년도 되지 않았는데 한 시대를 풍미하던 자의 비고와 무덤이 연달아 발견됐다. 수상한 냄새가 풍겼다. 의심이 될 수밖에 없었다.

"그러나 나서서 확인할 수밖에 없겠구나."

암천회가 준비한 떡밥은 보통이 아니었다. 설사 함정이라 할지라도 그걸 알고도 당할 수밖에 없다.

괜히 무시했다가 놓치기라도 하면 배가 아픈 것만으로 안 끝난다.

흉마의 무덤을 조사해서 나인성공을 봉인한다는 건 명분에 불과하다. 흉마가 생전에 모았던 재화나 신병이기, 그 외의 보물들을 노렸다.

"곤륜파만 보낼 수는 없습니다."

사도천 외에도 마교까지 움직이고 있다. 그 외의 중소 문파나 소속 없는 무인들이야 두말할 것도 없다.

심지어 은거기인까지도 강호로 나온다는 말이 있다. 삼안신투의 비고 때보다도 규모가 컸다.

곤륜파만으로 어찌 감당할 수 있는 수준이 아니다.

통제하기 위해서, 그리고 위험을 방지하기 위해서 전력을 보강해야만 했다.

하지만 그렇다고 섣불리 파견할 수는 없다.

이게 정말로 함정일 경우, 피해를 입는 것은 그렇다 쳐도 한곳에 전력이 모여 있는 동안 만약 타 지역에서 무슨 일이라도 일어난다면 보통 일로는 안 끝난다.

결국 눈치를 보면서 누가 남아야 할지, 그리고 누가 흉마의 무덤으로 갈지 정해야 한다.

다만 정말로 흉마의 무덤일 경우, 얻을 수 있는 공적이 적지 않다.

"우리가 나서겠소."

"구파일방은 삼안신투 때 비고에서 공적을 세우고 상당한 재물을 얻지 않았소?"

"또다시 구파일방이 나선다는 것은 이기심에 의한 독점

이고 횡포요. 대문파끼리만 살 생각입니까?"

"이번 일은 우리 오악검파가 나서겠소."

오악검파 중 태산파, 숭산파, 항산파가 출진했다.

"구파일방, 오악검파까지 있는데 오대세가에도 기회를 줘야 하지 않겠소?"

회의 끝에 남궁세가도 흉마의 무덤으로 향했다.

구파일방의 곤륜파!

오악검파의 태산파, 숭산파, 항산파!

오대세가의 남궁세가!

마도이세의 마교!

사파의 사도천까지!

칠검전쟁의 주역이 모였다.

미래에 한차례 일어났던 일이, 다시 한 번 암천회의 손에 의해서 벌어지려 하고 있다.

"완전히 똑같은 미래가 벌어지지는 않을 것이다."

산기슭 위, 매화나무의 나뭇가지 위에 선 주서천이 아래를 내려다보았다. 그 시선 끝에는 아직 암천회 외에는 누구도 오지 못한 흉마의 무덤이 있었다.

'흉마.'

이백 년 전, 흉마는 황하 인근에서 종적을 감췄다.

그리고 암천회에 의해서 최후가 밝혀진다.

흥마는 이백 년 전 무림 공적이 된 이후 중원 곳곳을 돌아다니면서 숨어 지냈다.

그러다 보니 눈에 띄지 않는 은신처가 필요했고, 최후에 도주할 때도 용이하게 사용됐다. 그것이 바로 지금의 무덤이다.

다만 치명상을 치유하지 못하고 끝내 무덤에서 절명했고, 그걸 암천회가 몇십 년 전에 발견한다.

즉, 이미 무덤의 주요 보물은 암천회에게 있었다.

지금 남아 있는 건 일부러 남긴, 어디까지나 떡밥으로 쓸 만한 보물 정도다.

"자아, 이제부터 시작이다."

第二章
칠성사병(七星司兵)

　본래 전란의 계기가 됐던 칠검전쟁을 사전에 차단할 생
각을 하지 않았던 건 아니다.

　그러나 정말로 별수 없이 포기해야만 한 연유가 있었다.

　암천회는 애초에 정파, 사파, 마교의 혈투를 작정하고 흉
마의 무덤을 공개했다.

　그저 단순히 흉마의 무덤만 준비한 게 아니라, 간자를 심
어 놓거나 재물을 이용해 포섭했다.

　그 둘을 알아내고 저지한다면 가능성이 아예 없는 건 아
닌데, 정체를 전혀 알 수 없다는 게 문제다.

　암천회가 심혈을 기울여 준비했으니 쉽게 찾아볼 수 없

는 건 당연하고, 주서천도 이 당시에는 아무것도 모르는 애송이였던지라 속사정은 잘 몰랐다.

화산오장로의 신분으로 열람했던 기록에서도 간자나 배신자가 침투했다는 사실이 남아 있었으나, 정작 중요한 정체에 대한 단서는 존재하지 않았다.

"그러니까 일단 최대한으로 무덤을 망가뜨리고 피해를 최소화한다. 암천회의 졸개들은 그 덤이지."

황하 유역 부근.

눈과 코를 제외하곤 전부 흑의로 모습을 감춘 자들이 모여 있다. 다들 풍기는 분위기가 매서웠다.

"얼마나 이러고 있어야 하지?"

덩치가 산만 한 흑의인이 지루한 듯 중얼거렸다.

"정파나 사파, 혹은 마도이세 등의 중심 세력이 근처에 오기 전까지다. 그리고 임무에 집중해."

"이 임무의 중요성에 대해선 나 역시 똑똑히 알고 있다. 나흘 만에 첫마디 한 거니 봐주면 좋겠군."

"계속된 실패로 도감부가 어떤 분위기인지 잊었나?"

"으음."

"그렇지 않아도 칠성사(七星司)가……."

푸욱!

한 소리 하려던 흑의인이 눈을 부릅떴다. 목소리를 내려 했지만 목에 화살이 꽂혀 끓는 소리만 나왔다.

"……!"

방금 전까지 이야기하던 동료가 어디에서 날아온 것인지도 모를 화살에 죽었다. 하지만 그 흑의인은 눈 하나 깜짝하지 않고 검을 빼 들어 곧장 대응했다.

"적습이다!"

흑의인의 외침에 주변에 분산되어 있던 다른 흑의인도 움직였다. 그 숫자가 이십이었다.

사방(四方)에 각각 위치해 있던 흑의인 네 명이 기다렸다는 듯이 품 안에서 죽통을 꺼냈다.

그들은 재빠르게 아랫바닥에 매달려 있는 실로 손을 옮겼다.

쐐애액!

"……!"

하지만 그것도 잠시, 화살이 유성과 같이 기다란 궤적을 그려 내면서 날아와 죽통을 정확히 꿰뚫었다.

"활잡이부터 찾아라!"

"도대체 이러한 자들이 어디에서……!"

황급히 주변을 둘러봤지만 보이지 않았다. 그렇다면 적어도 시야 밖에서 쐈다는 건데, 그 거리가 결코 가깝지 않다. 그 정도 거리에서 사람도 아니라 죽통을 쏴서 맞췄다는 건 믿기지 않는 사실이었다.

하나 이들은 그 솜씨에 한가히 토론이나 할 생각은 없었다. 그렇게까지 호락호락하지 않다.

일단 수준급의 궁술을 지닌 자가 최소 네 명 이상 있을 것이라고 상정하면서 주변으로 뛰쳐나갔다.

상황 판단력, 움직임을 보면 결코 보통이 아니다. 최소 일류 수준은 됐다.

"미래에서 왔다."

백 장(丈) 바깥, 가파른 계곡 사이 바위틈에 숨은 주서천이 중얼거리면서 화살을 시위에 걸었다.

파앗!

공력을 주입한 채로 시위를 놓는다. 매서운 파공성과 함께 화살이 곧게 뻗어 나가 흑의인을 덮친다.

채앵!

"저기인가!"

흑의인이 화살이 날아온 반응으로 고개를 휙 돌리면서 화살을 쳐 냈다.

"괜히 암천회가 아니지. 암습이 아니라면 활로는 호락호락 당하지 않는다는 건가. 별수 없군."

주서천이 황하로 뛰어들어 몸을 숨겼다. 그리고 급류를

타 우회해, 무덤의 북쪽으로 이동했다.

'연락용인 폭죽 통은 한 사람당 둘. 원래 있던 네 개를 전부 파괴했으니, 남은 건 비상용이다. 그걸 잃으면 비상 연락용 수단이 사라지니 함부로 꺼낼 수 없겠지. 그 틈을 노려 한 명씩 처리한다.'

주서천은 흙탕물에서 빠져나오자마자 몸을 던졌다.

뒤를 바라보고 있는 흑의인, 칠성사병(七星司兵)에게 순식간에 접근해 등 뒤에 검을 꽂았다.

"커헉!"

칠성사병이 눈을 부릅뜨며 피를 울컥 토한다.

'기척도 느끼지 못하다니⋯⋯!'

방심하거나 자만했던 것이 아니다. 반대로 감각을 예민하게 키워 주변을 경계하고 있었다.

상대의 무위가 강했던 것뿐이었다.

"쯧."

주서천이 혀를 차면서 이맛살을 찌푸렸다.

"귀가 좋은 건지, 감이 좋은 건지는 모르겠군. 보통은 눈치채지 못할 텐데, 괜히 암천회가 아닌가."

커헉, 이라는 옅은 비명밖에 없었다. 그런데 그걸 듣고 분산되어 있던 칠성사병들이 방향을 꺾었다.

눈부실 정도로 빠른 반응이었다. 사병인데도 이리 강하

다. 괜히 전란의 시대 최악의 적들이 아니었다.

주서천은 그들이 오기 전에 전력을 냈다. 다리에 힘을 잔뜩 주고, 내공을 폭발하듯이 끌어 올린다.

파앗!

지면을 박찼다. 그가 있던 자리가 움푹 파이면서 흙먼지가 튀어 올랐다.

주서천은 동쪽을 향해 화살처럼 쏘아져 나갔다.

"흡!"

동쪽의 칠성사병이 이상을 느끼고 몸을 돌렸다.

서걱!

시야가 빙글 돌아간다. 그 부릅떠진 눈에 비춰지는 건 목이 분리된 몸이었다.

앞으로 힘없이 쓰러져 가는 몸을 주서천이 잡고는 품 안을 뒤져 연락용인 죽통을 꺼내 부쉈다.

그다음은 각각 남쪽과 서쪽이었다. 남은 두 명도 어렵지 않게 처리할 수 있었다.

"양동이었나."

서쪽을 마무리 지은 순간, 주변에 전부 분산되어 있던 칠성사병들이 주서천을 둘러싸고 집결했다.

"누구냐."

정면에 선 칠성사병이 물었다. 그 목소리에는 의문과 살의가 묻어났다.

"우연이긴 하지만 너희 이름에 걸맞게 딱 일곱 명인가, 칠성사병."

주서천이 검을 세워 옅게 웃었다.

"……!"

전방의 칠성사병이 눈에 띄는 동요를 보였다. 다른 이들도 마찬가지였다.

목소리만 내지 않았을 뿐, 경악 어린 눈초리가 언뜻 보였다.

"생포한다."

정보 단체를 대표하는 개방과 하오문조차 암천회를 모른다. 소속 기관인 칠성사야 두말할 것 없다.

심지어 암천회에 소속된 하류 무사들 몇몇은 조직이 어떤 이름인지도 모르는 자가 수두룩하다.

그만큼 비밀 유지를 엄중히 했거늘, 그걸 아는 자가 나타났다.

"팔다리 정도는 상관없다. 들을 수 있는 귀와 말할 수 있는 입. 그리고 목숨 정도만 살려 둬라."

"명!"

살기가 비처럼 쏟아져 내리더니 이윽고 폭풍이 불었다. 이런 기에 짓눌린다면 웬만한 무인들은 꼼짝하지도 못할 것이다.

하지만 주서천은 전혀 개의치 않는 듯, 몸을 옭아맨 살기를 뿌리치곤 검에 기를 주입했다.

"지금이라도 얌전히 항복하고 아는 것을 전부 내뱉으면 최후에는 고통스럽지 않게 죽여 주겠다."

"네가 무슨 권한으로 그런 걸 결정하냐. 네 위에 천추(天樞)나 천선(天璇) 같은 일곱 대가리 있잖아. 멋대로 그렇게 결정하면 걔들한테 혼난다?"

"어떻게 그 이름을……!"

칠성사병이 여태껏 감정 하나 들어 있지 않은 목소리로 내다가 처음으로 감정을 드러냈다.

"네놈, 도대체 뭐하는 놈이냐."

"지나가던 무사올시다."

팟!

주서천의 몸이 앞으로 쏘아진다. 그대로 팔을 앞으로 쭉 뻗어 검을 힘껏 내질렀다.

예한에 실린 검기가 스멀스멀 피어오르면서 그 예기를 한층 더 매섭게 빛냈다.

"어딜!"

칠성사병이 어림없다는 듯이 검을 아래에서 위로 쳐올렸다. 검과 검이 부딪치면서 불꽃이 튄다.

그러나 주서천의 검은 꼼짝도 하지 않았다. 튕기기는커녕 칠성사병의 검을 꾹 짓눌러 막아 냈다.

근력도 근력이지만 공력의 차이다. 나름 전력을 다했지만, 이겨 내지 못했다. 어떻게서든 밀어내려 했지만, 결국 검의 이만 나가고 이겨 내지 못했다.

카가가강!

마찰음을 토해 낸다. 불꽃이 튀었다. 주서천의 검이 칠성사병의 검을 무시하고 쭉 나아가 흉부를 찔렀다.

"컥!"

칠성사병이 고통에 외마디 비명을 질렀다. 그는 눈동자를 굴려 자신의 흉부를 확인하더니, 이내 손에 쥔 검을 떨어뜨리고 그 대신 주서천의 검을 꽉 잡았다. 손바닥이 검날에 파여 피가 주르륵 흘러내렸다.

"시대가 언제든 간에 그 지독함은 여전하구나."

주서천이 혀를 내두르면서 허리를 숙였다. 손에 쥔 검은 깔끔하게 놓았다.

쐐액!

그 위로 또 다른 칠성사병의 검이 아슬아슬하게 스치고 지나간다. 그 외의 방향에서도 검이 느껴졌다.

주서천은 오른발을 중심으로 삼아 앉은 채 회전한 뒤, 좌수(左手)로 수직선을 그려 후방의 적을 노렸다.

손바닥이 바람을 가르고 용이 승천하듯 올라가 턱을 강하게 후려치며, 시원스러운 격타음을 냈다.

칠성사병은 머리가 흔들릴 정도로의 충격에 조금 놀랐으나, 이내 속으로 주서천을 비웃었다.

자신은 절정 고수다. 수공(手功)인 이상에야 그냥 손바닥으로 공격한 게 치명상을 줄 리가 없었다.

그래서 곧장 좌측에서 우측으로 지나간 검을 틀어, 자신만만해하고 있는 놈에게 일격을 날리려 했다.

"……!"

칠성사병이 복면을 쓰고 있지 않았더라면, 당혹감으로 일그러진 표정이 드러나고도 남았을 것이다.

몸이 말을 듣지 않는 걸 넘어, 내장이 불타오르듯이 뜨거웠다. 그게 무엇인지 알아챘다.

"독장(毒掌)이니 조심…… 커허억!"

칠성사병이 말을 잇지 못하고 검은 피를 토했다.

벌써 두 명이 순식간에 당했다.

주서천은 중독시킨 칠성사병의 손목을 쳐 내 검을 빼앗은 다음, 옷자락을 잡아 옆으로 내던졌다.

그러자 다가오던 칠성사병들은 중독된 동료를 한 치의 망설임도 없이 검으로 베었다.

가망이 없다고 빠르게 판단, 그리고 괜히 받아 냈다가 중

독될지도 모른다는 생각이 들었기 때문이다.

"검수가 자신의 검을 놓다니, 적어도 정파의 무인은 아니로구나."

"독까지 쓴 것을 보아하니 사파인이 틀림없군."

칠성사병들이 주서천의 전법(戰法)을 보고 추측했다.

"나는 화산파의 주서천이다!"

주서천이 검을 들고 당당히 외쳤다.

"흥. 그걸 믿으라고 하는 소리냐?"

"머리가 나쁜 놈이로군. 화산파에 뒤집어씌우려고 하는 것 같은데, 그러려면 다른 방법을 찾아봐라."

다섯 명밖에 남지 않은 칠성사병들이 믿지 않았다. 코웃음 치면서도 그들은 주서천을 잔뜩 경계했다.

"너희가 믿을 거라고는 생각하지 않았으니 걱정 마라."

주서천이 검을 쥐지 않은 손을 쥐락펴락했다.

'녹안만독공 삼성인가. 그럭저럭 쓸 만하군.'

서장에서 중원으로 최대한 빠르게 귀환하려고 달리기만 했지만, 무공 수련을 게을리한 건 아니다.

그래도 매일 꼬박 수련했고, 그중 녹안만독공을 이성에서 삼성으로 올릴 수 있었다.

삼성의 효능은 간단했다. 신체의 일부나 병장기에 독기를 주입해서 공격할 수 있었다.

"너희를 보니 정말로 감회가 새로워."

주서천이 복잡한 표정을 지었다가 이내 눈을 슬며시 감았다.

'아아아악!'

'살려 줘, 살려 줘!'

'끄아아악!'

'암천회의 칠성사병이다!'

암천회에는 도감부 외에도 여러 조직이 있다. 그중에서도 칠성사에 소속된 인원이 제일 많다.

도감부가 탐색과 채집, 그리고 수렵이라면 칠성사는 무력에 관련된 일에 전면적으로 나서고 있다.

일곱 명의 간부가 제일 위에 있고, 그 아래에는 무수한 병사들이 존재한다. 그게 칠성사병이다.

병(兵)이지만 결코 우습게 볼 수 없다. 소속된 무인들 하나하나가 최소 일류의 괴물들밖에 없었다.

흉마의 무덤같이 각별한 장소를 지키는 호위를 맡고 있고, 그 외에도 여러 임무를 맡고 있다.

관부의 육부(六部) 중 병부(兵部)와 같다.

주서천 본인도 암천회 중 이 칠성사병들과 정말 질리도

록 싸우고, 뒤섞여서 살아남았다.

"그때를 생각하면 상상조차 못 할 상황인데……."

칠성사병 중 일류만 찾아서 맡아야 했다. 같은 절정의 고수라도 자신보다 강한 자가 수두룩했다.

대부분 전장에 나간다면 칠성사병 한 명 정도만 겨우 맡고 이겼다. 몇 번 싸우면 금방 지쳐서 후퇴했다.

그런 자신이 방금 전에 벌써 여섯 명을 힘 하나 들이지 않고 죽였다.

과거를 생각하면 상상도 못 할 일이다.

"너희는 나의 과거이고."

감았던 눈을 뜨면서 주변을 둘러본다.

"현재이고."

검에 기가 실린다.

"미래로구나."

확연하게 보이지 않던 기가 점차 눈에 들어온다. 물처럼 일렁이던 기는 곧이어 얼음처럼 굳었다.

칠성사병의 복면 너머에 있는 얼굴도 딱딱하게 굳었다.

"도대체 네놈의 정체가 무엇이냐."

눈앞의 현상을 이해할 수 없었다.

두 눈으로 보고 있지만 믿을 수가 없었다.

"화경, 이라고……?"

칠성사병이 침음을 흘렸다. 그 눈에는 주서천의 검에 맺힌 강기가 비춰졌다. 틀림없는 화경의 경지다.

"방금 전의 독장을 보고 분명 독인일 것이라 생각했는데 검수였다니…… 아니, 애초에 그 정도 독공을 펼칠 수 있는 화경이라니 들어 본 적도……."

"이봐."

주서천이 칠성사병의 중얼거림을 뚝 끊었다.

"그대들을 보면, 정말 방심할 수 없다고 생각하네."

평소의 조금 어리기만 했던 어투가 바뀌었다.

분위기도 마찬가지다. 전혀 다른 사람을 보는 듯했다. 눈앞에 청년은 차갑게 가라앉은 눈동자를 고요하게 빛내며, 위엄 어린 목소리를 내뱉었다.

"그렇기에 전 무림을 상대할 수 있었던 거겠지."

팟!

주서천의 뒤로 인영(人影)이 뛰어올랐다. 발가락만을 움직여 소리 없이 이동한 칠성사병이다.

방금 전 대화가 오가던 그 순간. 그 틈을 노려 근접해 왔다. 정말로 대단할 정도로의 냉정함이다.

"전과는 다를 걸세."

칠성사병이 주서천의 머리를 쪼갤 기세로 검을 내리그었다. 쐐액, 하고 매서운 바람 소리가 났다.

검이 머리카락에 닿으려는 순간, 주서천의 몸이 흐릿해 졌다.

"……!"

칠성사병이 눈을 부릅떴다. 놀람도 잠시. 곧장 그 흔적을 쫓으려고 몸을 곧추세우고 허리를 돌린다.

"그대들은 이렇게 느리지 않았네."

목소리와 함께 뒤쪽에서 검이 수평선을 그었다. 선이 지 나간 곳은 칠성사병의 배꼽이었다.

흑의가 뎅겅 잘렸다. 잘려 나간 옷자락 사이로 피가 분수 처럼 뿜어져 나오면서 피 안개를 만들었다. 몸을 지탱하고 있는 척추까지 잘려 나갔다. 하체와 분리된 상체가 버티지 못하고 바닥으로 미끄러져 쓰러졌다.

"노부가 빨라진 건가."

바람이 불었다. 피 안개가 바람에 흩날려 사라졌다.

그 대신 노인이 나타났다. 세 명의 칠성사병이 양측과 뒤 에서 덤벼들었다.

전방에 있던 칠성사병이 그걸 보고 눈을 껌뻑였다.

'노인……?'

눈앞에 있는 건 약관의 고수가 맞다. 그래서 아까 전에 저 정도의 무위를 가진 걸 보고 경악했다.

그런데 이상하게도 지금의 머리는 청년을 노인으로 인식

했다.

파바밧!

칠성사병이 눈을 한 번 껌뻑였을 때, 노인이 검을 펼쳤다. 그 움직임은 빛과 같이 빨랐다.

검이 잔상을 남기면서 허공에서 춤을 췄다.

"커헉!"

다시 한 번 눈을 감았다가 떴을 때, 세 명의 칠성사병들이 비명 소리를 내면서 나가떨어졌다.

그 광경을 마지막으로, 다시 한 번 눈을 감았다가 떴다.

그리고 불현듯 매화 향이 난다는 걸 떠올리게 됐다.

"더더욱 모르겠군."

최후로 남은 칠성사병의 눈썹 부근이 깊게 파였다. 복면이 파인 걸 보니 이맛살을 찌푸린 게 틀림없다.

그, 혹은 그녀는 전혀 이해할 수 없다는 듯이 중얼거렸다.

"검을 펼칠 때 매화 향이 난다면 분명 이십사수매화검법이 틀림없겠지. 그렇다면 화산파의 고수라는 건데, 그건 약관에 대성할 수 있는 것이 아니다. 거기에 독공까지 쓰다니, 그런 건 더더욱 들어 본 적이 없다."

"네놈들은 위에서 가르쳐 주는 것이나 명령에 의해 알아보라는 것 외에는 모른다는 거지. 아무리 머리를 굴려 봐도 나에 대해선 모를 거다. 관심이 없으니까."

"우리에 대해서 도대체 얼마나 알고 있나."

"임무 수행 도중인 칠성사병은 만약의 일을 대비해 고문에 정체를 밝히지 않도록 어금니 아래에 극독을 숨겨 둔 것 이상으로 알고 있다."

"단순히 알고 있는 수준이 아니로군. 설마하니 내부에 이렇게 깊이 내통자가 있을 줄은 상상도 못 했다. 보고를 올리지 못하는 게 원통하구나."

으득!

칠성사병이 어금니를 꽉 깨물어 독약을 씹었다. 그 말을 끝으로 쓰러지며 바닥에 얼굴을 처박았다.

주서천은 칠성사병에게 다가가 검 끝으로 뒤통수를 찌르고 생사를 확인했다.

"예전이었더라면 도사가 부관참시와 다름없는 행동이라면서 천벌 받을 거라고 생각했겠지……."

전란의 시대 때, 죽은 줄 알았던 칠성사병이 벌떡 일어나 덤벼온 적이 한두 번이 아니었다.

그 탓에 목숨을 잃은 무인들이 수두룩했다.

주서천을 검에 묻은 피를 툭툭 털어 낸 뒤, 허리춤에 회수하곤 시체를 들어 양 옆구리에 꼈다.

"자, 슬슬 들어가 볼까."

＊　　　＊　　　＊

이십사수매화검법은 유명하다.

그 역사가 짧은 것도 아닌지라, 이 검법에 당하면 어떤 검상이 남는지 알아보는 자들은 적지 않았다.

그래서 누군가 발견하지 못하도록 시체를 전부 무덤 안으로 옮겨 와서 처리했다.

입구에서 얼마 지나지 않아 걷다 보니 바닥이 열리는 함정에 걸렸고, 그 아래로 시체들을 전부 던졌다.

마침 아래에 창살이 백여 개 정도 설치되어 있어 검상을 덮기에는 충분했다. 그에 모자라 입구에서 챙겨 온 횃불을 던져 화장까지 했다.

"음. 승계를 데려올 걸 그랬나."

목적은 함정이나 기관의 파괴다. 굳이 제갈승계와 함께할 필요는 없어서 혼자서 왔다.

그런데 혼자서 오니 뭔가 조금 심심하다.

"일단 닥치는 대로 확인해 봐야겠군."

껑충 뛰어서 열린 바닥을 넘어 착지했다.

그리고 검을 허리춤에 단단히 고정시킨 다음, 무릎을 굽혀서 다리 근육에 힘을 잔뜩 주고 준비했다.

"간다."

어째 혼잣말만 늘어난다.

머릿속에 준비, 출발이라는 글자가 지나가자마자 멧돼지처럼 저돌적으로 달려 나갔다.

쿵, 쿵!

한 걸음 나아갈 때마다 발이 지면에 닿으면서 소리가 났다. 일부러 체중을 실어서 밟았다.

함정을 비롯한 여러 기관의 발동을 위해서였다.

파바밧!

양 벽에서 무수히 많은 구멍이 열리면서 화살이 쏘아졌다. 그냥 화살도 아니고 극독이 발라져 있었지만, 함정을 밟고 지나간 주서천이 워낙 빨라 맞추지 못하고 전부 반대편 벽에 부딪쳐 바닥으로 떨어졌다.

그 외에도 갖가지 기관이 발동되며 반응을 보였다.

독으로 된 안개가 통로를 가득 채우기도 했다. 이 구간에서는 호흡까지 해 가며 맛있게 삼켰다.

중간부터는 통로가 위를 향했는데, 갑자기 큰 바위가 굴러오기도 했다. 검강으로 조각조각 냈다.

쿵, 콰지직!

서걱!

콰르르르!

흉마, 혹은 암천회가 고생해서 설치한 기관이나 함정이 동시에 발동해 덮쳐 왔다.

그러나 어떠한 피해도 없었다. 원래 화경의 고수만 돼도 물리적인 기관 장치는 잘 걸리지 않는다.

독 정도는 통할 만한데, 현재 천독불침이다 보니 이 또한 예외다. 물론 천독불침을 넘어서는 독이라면 가능하나 보통 귀한 게 아니니 기관 장치의 함정으로 써먹지는 않는다.

주서천은 주변의 기관이란 기관은 전부 건드리며 앞으로 나아갔다.

그 끝을 알 수 없는 어둠 속, 칠성사의 일곱 수장 중 천기(天璣)가 팔짱을 풀면서 자리에서 일어난다.

그 얼굴은 어둠에 가려져 잘 보이지 않았지만, 분위기가 좋지 않은 쪽으로 바뀐 건 알 수 있었다.

"무덤."

그 목소리는 쇠를 긁는 것처럼 끔찍했다. 남자인지 여자인지 분간도 가지 않는다.

"무슨 문제라도 있나?"

또 다른 목소리가 천기에게 묻는다. 이번에는 그 목소리가 남자라는 걸 알 수 있었다.

"정기적으로 와야 할 연락이 오지 않는다. 무언가의 이

변을 포함해 계산해도 너무 늦는다. 모종의 연유로 연락용인 죽통이 전부 파괴됐거나, 전부 죽었다."

천기의 눈이 형형하게 빛났다.

"그런가. 그럼 내가 가지."

요광(搖光)이 일어났다.

흉마의 무덤은 삼안신투의 비고처럼 지하의 몇 계층으로 되어 있다. 진행하면 진행할수록 아래 깊숙한 곳까지 내려가게 됐다.

"응?"

내려가던 중, 그 눈에 이채가 감돌았다.

"이 근처는 황하가 흐르고 있었지……."

벽을 문지르니 손바닥에 축축했다. 아까부터 공기에서 묻어나는 습기가 적지 않았다.

"이거, 잘만 하면 이용할 수 있겠는걸."

주서천이 눈을 가늘게 뜨고 중얼거렸다.

"일단은 최하층까지 내려가 보자."

여태껏 진행했던 것처럼 흉마의 무덤 곳곳을 들쑤시면서 내려갔다. 굉음과 소음이 뒤섞여 떠든다.

가끔씩 천장이 무너지기도 하고, 땅이 전부 꺼지거나, 혹은 불이나 독으로 통로를 가득 메우기도 했다.

삼안신투의 비고처럼 목인이나 강시 같은 건 나오지 않았다.

그렇게 몇 시진이 지났을까, 정신을 차리고 보니 무덤 안을 엉망으로 만들면서 최하층에 도착했다.

"생각보다 내가 너무 강하다."

주서천이 본인의 무력에 취했다.

"자하신공도 그렇고, 이십사수매화검법을 대성할 때부터 전생과 비교할 건 아니지."

화경도 그냥 화경이 아니다. 대성한 무공들의 숫자도 그렇지만, 정말로 다양한 무공을 사용할 수 있다.

게다가 지닌 내공조차 웬만한 중년 고수들 뺨을 후려치고 남는 데다가 환골탈태와 천독불침도 얻었다.

"흉마의 무덤이 왜 이렇게 허술한지 의문이었는데, 그게 아니라 내가 강한 거였구나."

생전의 무위를 넘는 힘을 이십도 되지 않아 얻었다. 무림 전체를 봐도 자신보다 강자가 없다.

공개적이지는 않지만, 순위를 따져 보면 천하백대고수 안에는 무조건 든다.

"하긴, 검강을 개나 소나 쓸 수 있는 건 아니지."

주서천이 걸음을 멈췄다.

"미로인가. 길을 잃었네."

이 주변의 풍경이 벌써 세 번째다. 두 번째는 기분 탓이라 쳐도 세 번째는 아니다. 미아가 됐다.

"그렇다면 개척하면 그만이지."

주서천이 검을 휘둘렀다. 날에 실린 강기가 두꺼운 벽을 두부 가르듯이 베었다.

"하하. 화산파의 영웅님이 나가신다."

주서천이 폭군처럼 웃으면서 전진했다.

최하층을 돌아다니기를 반 시진. 미로의 고안자가 보면 뒷목 잡고 쓰러질 방법으로 벽을 베면서 전진한 끝에 수백 명 정도를 수용할 공동이 나타났다.

발목까지 파일 푹신푹신한 양탄자가 입구에서부터 공동의 끝자락까지 반듯하게 깔려 있다. 중간중간에는 사람의 두개골 모양으로 깎은 야명주가 창대에 꽂혀 서 있어 음침한 분위기를 자아냈다.

머리를 들어 천장을 올려다보면 종유석이 즐비하게 매달려 있어 마치 지옥의 천장을 연상케 한다.

좌측에는 찬란하게 빛나는 황금이 산처럼 수북하게 쌓여 있고, 우측에는 병장기가 보기 좋게 나열됐다.

주서천은 주저하지 않고 우측으로 향했다.

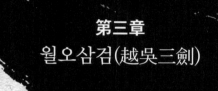

第三章
월오삼검(越吳三劍)

"어디 보자, 분명 여기에 있을 터인데……."

흉마는 신투에 비견될 만큼 욕심이 많았다. 영약이나 무공 비급에는 별로 관심 없었지만, 돈이나 보물 등을 상당히 밝혔다. 그중에는 신병이기도 존재했다.

다만 대부분의 보물들은 암천회가 회수해 가고 없었다.

이 흉마의 무덤은 이미 한차례 공략됐다. 여기에 남은 건 그럭저럭한 수준밖에 되지 않는다.

이 안에 있던 보물들 대부분은 암천회의 고수들에게 돌아가 전란의 시대에서 악명을 떨쳤다.

한 가지를 제외하고.

"찾았다."

눈앞에 검 한 자루가 지면에 꽂혀 있다. 검집은 보이지 않는다.

"월오삼검(越吳三劍)!"

암천회는 무림 세력들이 흉마의 무덤에서 나인성공을 비롯한 보물을 두고 앞다퉈 싸우기를 원했다.

그래서 간자를 심어 놨을 뿐만 아니라, 그들의 욕심을 자극할 만한 보물을 남겨뒀다.

"태아(泰阿)!"

춘추 시대 말기에서부터 전국 시대 초기 월나라의 인물로 활동한 전설적인 장인(匠人) 구야자(歐冶子), 그리고 마찬가지로 동시대에 활동했던 오나라의 명장(名匠)인 간장(干將)이 함께 초나라 왕의 명으로 만들었다는 세 자루의 검 중 하나로 보검(寶劍)의 반열이다.

예한도 예한이지만, 신검(神劍)과 비견될 정도의 태아에 비교해선 조족지혈이다.

애초에 전국 시대 초기에 만들어진 검이 아직까지도 녹슬지 않고 멀쩡하다는 것 자체가 믿기지 않는다.

하지만 태아는 미래의 여러 무인들을 걸쳐 그 힘이 발현되었고, 진품이라 알려져 수많은 피를 불렀다.

"남은 건 비급인가."

태아를 집어넣고 다시 중앙의 양탄자를 밟는다. 길을 따라 끝까지 전진하니 계단 위 제단이 나왔다.

　아흔아홉여 개의 계단을 올라, 제단 앞에 서니 대리석으로 된 단상과 그 위에 낡은 서적이 있었다.

　한눈에 봐도 불길한 서적, 아니 비급이었다.

　상당한 두께를 자랑하는 이 서적의 표지는 인피(人皮)로 되어 있으며, 앞에 새겨진 얼룩은 꼭 비명을 지르는 사람의 얼굴과 같아 소름이 끼쳤다.

　그 안에는 비록 알아볼 수는 없으나, 하 왕조 시대의 고문(古文)으로 기록되어 있었다.

　주서천이 고문이라는 걸 알고 있는 건 따로 지식이 있어서 그런 게 아니라, 나인성공의 정체 탓이다.

　나인성공, 또는 나인성정본이라고도 불리는 육대금공의 역사는 아득하다 할 정도로 깊다.

　중원의 최초 왕조였다는 하나라 때 만들어진 이 금서(禁書)는 본래 무공보다는 주술의 집합체였다.

　누가 집필한 것인지도 모르고 목적 또한 모르지만 선경(仙境)이나 마경(魔境)과 같이 속세와 다른 세상의 존재의 힘을 빌리거나 소환하는 주문이 서술되어 있었다고 한다.

　원래 나인성정본은 하 왕조가 사라지면서 자취를 감췄으나, 무수한 시간이 흐른 뒤에 재발견됐다.

마침 발견한 당사자는 고문에 관심이 많은 학자였고, 나인성정본에 심취하여 연구를 계속했다.

그 결과, 번역의 문제로 완독(玩讀)할 수는 없었으나 학자는 나인성정본의 힘 일부분을 얻게 된다.

그것이 마경의 주민에게 힘을 빌리는 방법이자 무공. 나인성공이다.

"습득할까?"

주서천은 비급을 두고 고민에 빠졌다.

"중도만공이라면…… 아니, 그만두자."

그 고민은 오래가지 않았다. 나인성공은 습득하면 곧바로 전 무림인이 알 수 있는 형체로 변한다.

나인성공의 힘은 간단하다.

이 무공을 수련하게 되면 신체 능력이 몇 배나 증가한다. 거대한 바위를 손쉽게 드는 괴력도 얻는다.

그리고 검에 베여도 그 상처가 일다경도 지나지 않아 치유되는 재생 능력을 손에 넣는다.

노인이라면 청년이 될 수 있다. 늙지도 않는다.

마경에 산다는 괴마(怪魔)의 능력이었다.

다만 그것도 잠시. 채 한 달도 되지 않아 수련자의 신체는 완전히 변한다. 아니, 변한다는 수준이 아니다. 종(種) 자체가 바뀐다고 하는 게 옳다.

힘은 물론이고 머리부터 발끝까지의 외관도 전부 괴마를 닮아 간다. 최종적으로는 괴마 그 자체가 된다.

인성도 시간이 갈수록 차츰 사라져 간다. 마공과 비슷하다. 수련자는 결국 인간이 아니게 된다.

단 한 명도 예외는 없다. 법력이 높은 고승(高僧)도, 마를 지배하는 마도의 고수도 이기지 못한다.

이성을 길게 유지하는 경우가 있긴 하지만, 그것도 길어 봤자 오 년 정도다. 그 이상은 힘들다.

참고로 신체의 경우 한 명도 빠짐없이 한 달 내외로 전부 흉악하게 변했다.

중도만공은 내기 운용의 충돌 없이 여러 가지 무공을 습득하게 해 주는 무공이지, 자신에 맞게 알맞도록 개조해 주는 만능의 능력 따위 가지고 있지 않다.

그 암천회주조차 나인성공을 수련하지 않고 미끼로 사용한 게 그 증거였다.

"깨끗하게 포기하자."

완전히 태워 버려 없애 버릴까 생각해 봤지만, 그래도 이용 가치가 있을지 몰라 일단 품 안에 집어넣었다.

주서천은 계단 아래로 내려와 가치 있어 보이는 금은보화를 대충 부담되지 않게 챙기고 밖으로 향했다.

더 이상 볼일도 없고, 지나 왔던 곳의 기관은 전부 작동한 이후였으니 빠져나오는 것도 빨랐다.

다만 아까와 조금 다른 점이 있다면 벽면을 일정 구간마다 두들기면서 전진했다.

일각 정도를 전진했을까, 발걸음이 멈췄다.

"근처 수맥(水脈)이 집결된 곳은 여기인가."

칠검전쟁이 일어나지 않는 최고의 방법은 계기가 된 흉마의 무덤의 파괴다.

하지만 아무리 주서천이 날고 기어도 이 정도의 무덤 전체를 어떻게 할 수는 없다.

입구를 막는다고 해도 무림의 날고 기는 칠대 세력이 온다면 손쉽게 허물고 금방 조사할 수 있다.

벽력탄을 구해 볼까 생각해 봤지만, 아직 이 시기에는 금구(禁具)라서 취급하는 자가 없었다.

구하기도 힘들고, 설사 장인을 찾아 의뢰를 해도 만들어 줄 리가 없다.

그래서 포기하고 그냥 암천회를 골탕 먹일 생각으로 왔다. 하지만 그러지 않아도 될 것 같았다.

"합!"

짧은 기합을 내지르면서 검강을 실어 휘둘렀다. 검이 벽면을 부드럽게 베어 갈랐다.

다만 인공적으로 만든 미로처럼 벽이 얇은 게 아니었다.

눈앞의 벽은 아예 지면과 연결되어 있다.

검은 잠시 거두고 벽에 길게 난 검상을 손가락으로 찔러 보니 축축했다.

이에 주서천은 뒤로 몇 걸음 물러났다가 검을 들어 비장의 일격을 날렸다.

자하검결 일초식!

'자하개벽!'

우르릉!

지하 무덤 내에서 벽력이 쳤다. 통로를 통해 무덤 곳곳 내부로 벽력이 치는 소리가 메아리쳤다.

위이이잉!

검강이 굉음을 내면서 고속으로 회전하더니만, 이윽고 전방을 향해 쏘아져 나갔다.

찌르기에 모든 걸 담은 강기는 정말로 벽력처럼 빛줄기를 남기면서 전진해 벽을 꿰뚫고는 사라졌다.

잠시 멈춰진 호흡. 그리고 숨을 내뱉는 순간, 무덤 전체가 크게 진동한다.

콰드드드득!

머리 위 천장에서 돌무더기가 떨어졌다. 지진이라도 일어난 듯 땅 전체, 아니 지하가 흔들렸다.

콰앙!

굉음이 길게 늘어지면서 벽이 폭발했다. 사전에 옆으로 빠져서 휘말리지 않을 수 있었다.

벽이 허물어지면서 그 안에서 이윽고 굵직한 물줄기가 폭포처럼 쏟아져 내리면서 반대편을 후려쳤다.

물의 세기가 보통이 아닌 듯, 수압에 이기지 못한 반대쪽 벽도 부서졌다.

쾅! 콰앙! 콰쾅!

수맥의 중심이 부서지자, 그걸 시작으로 여러 곳에서도 연쇄 반응을 일으켰다.

지반이 전부 무너지면서 그 안에 잠들어 있던 수맥이 터지고 물이 바깥으로 빠져나왔다.

벽이란 벽은 물론이고 지면에서 천장까지 거미줄처럼 금이 가면서 물이 뚝뚝 흘러나왔다.

한 곳이 무너지자, 균형을 잃으면서 물을 연달아 토해 냈다.

황하가 그 원류라서 그런지 물이 황토색이었다. 진흙도 상당히 포함되어 물이 아닌 것도 많았다.

"음, 좋아."

흉마의 무덤이 조금씩 침수되는 걸 보자 흡족하게 웃을 수 있었다.

＊　　　＊　　　＊

황하가 흐르는 중간 부근, 산서.

정파와 사파, 그리고 마교 세력이 각지에서 모였다. 무덤의 실체를 확인하기 위함이었다.

그중에서 최초로 소문의 무덤에 도착한 건 산서의 항산파였다. 같은 지역 내이니 빠를 수밖에 없다.

황하를 따라 토사물과 수면 아래가 보이지 않는 흙탕물을 넘어 헤맨 끝에 소문의 무덤을 보게 됐다.

"이게 도대체……."

항산파의 최고수, 여화수(呂華秀)는 무덤 앞에 서서 망연자실한 모습으로 멍한 얼굴을 감추지 못했다.

햇빛을 가려 그림자가 드리우는 절벽들 아래, 반듯하게 세워져 있지는 않을 거라 생각했지만 그래도 적어도 입구는 멀쩡해야 할 무덤이 이리될 줄은 몰랐다.

입구는 돌벽이 무너져서 더 이상 들어갈 수 없었고, 그 사이로 진흙이 흘러나오고 있다.

또한 무덤 바닥에서부터 황토색 물이 조금씩 흘러나오고 있다. 이게 무슨 뜻인지 대충 예상이 갔다.

"여기가 정말로 맞느냐?"

여화수가 미간을 찌푸리면서 안내자에게 물었다.

"네, 여기가 확실합니다. 어찌하여 제가 대인들을 속이겠습니까?"

안내자도 당혹스러운 듯 표정을 감추지 못했다.

항산파의 무림인들에게 돈을 받고 안내하는데 거짓을 고할 정도로 목숨이 아깝지 않다.

여화수도 안내자의 얼굴과 눈빛을 보고 거짓이 아니라는 것을 알고 더더욱 복잡한 심경이었다.

이후, 며칠 뒤에 각지에서 출발했던 조사대가 속속히 도착해 항산파와 비슷한 반응을 보였다.

곤륜파, 태산파, 숭산파, 남궁세가를 비롯한 정파 세력 모두 어이없다는 듯 허탈하게 한숨만 쉴 뿐이었다.

다만 사도천이 도착하면서 분위기가 심상치 않게 흘러갔다.

"최초에 도착한 것이 항산파였고, 무덤이 무너졌다. 어린아이라도 어떻게 돌아가는지 알 것 같지 않나?"

"그게 무슨 뜻인지 자세히 설명하지 않으면 쉽게 넘어가지 않을 것이다, 사도천!"

여화수가 분노하면서 일갈했다.

"굳이 말이 필요하겠는가?"

사도천의 고수가 도발하듯이 비릿하게 웃었다.

"참게. 상대할 가치도 없네."

태산파 제일 고수 손석숭(孫晳崇)이 여화수를 말렸다. 그 외의 정파인들도 나서서 여화수를 진정시켰다.

"네놈들도 그렇게 생각하지 않나, 마교도?"

사도천의 고수가 조용히 구경만 하고 있던 마교도들에게 물었다.

"내 수하들에게 말 걸지 마라. 볼일이 있다면 나에게 물어라. 그렇지 않으면 네놈의 혀를 잘라 주마."

마교도 중 딱 봐도 우두머리로 보이는 자가 살의 어린 목소리로 답했다.

무림맹, 사도천, 마교.

무림 삼대 세력이 한자리에 전부 모였으니 제대로 돌아갈 리가 없다. 벌써부터 살기로 들끓었다.

미래에 괜히 칠검전쟁이 일어난 게 아니다.

이렇게 불안한데 간자들로 손까지 썼으니 안 싸우면 그게 더 이상하다.

사전에 무림맹주와 사도천주. 그리고 마교의 교주 천마까지 나서서 주의를 내렸기에 싸우지 않았다.

흉마의 무덤 건은 전 무림이 힘을 합해 공동 전선을 펼치기로 하였으니 서로 싸우지 않도록 주의를 줬다.

'도대체 여기에서 무슨 일이 있었던 거지?'

칠대 세력 사이, 숨어 있는 간자들을 이끄는 자, 그리고 칠성사의 일곱 수장 중 요광이 의문을 품었다.

요광은 천기의 의문을 해소시키기 위해서 무덤으로 한걸음에 달려왔다.

다만 좀 더 일찍 오지 못한 것이 흠이었다. 도착했을 때는 이미 흉마의 무덤이 수몰된 이후였다.

*　　　*　　　*

중원 무림이 다소 소란스럽다.

무덤에 대한 소문 자체는 진실이었다. 황하 유역을 따라 깊숙한 곳에서 무덤을 확인할 수 있었다.

다만 그 무덤이 정말로 흉마의 것일지는 의문이었다.

"조사대가 도착했을 때는 전부 수몰되었으니 말이네."

"그래서 어떻게 됐나?"

"글쎄, 아직 철수하진 않은 모양일세. 무덤의 주인이 정말 흉마라면 사안이 보통이 아니지 않나. 아무리 불확실하더라도 만약을 위해 확인할 수밖에 없다 하군."

"허어, 그럼 그 수몰된 무덤을 다시 파헤친다는 건가?"

"가망이 없지만 시도는 해 볼 모양일세. 소문에 의하면 건축에 일가견이 있는 자들을 찾는 것 같네."

"그럼 그 주변에 칠대 세력의 조사대가 잔존하고 있다는 말인가?"

"그렇지."

"상상만 해도 위가 아프군그래."

서로 앙숙을 넘어 원수인 삼대 세력이 한자리에 모여 있는 걸 상상해 보니 근처에 가고 싶지도 않았다.

"새삼 흉마의 이름이 보통이 아니라는 걸 깨닫게 되는군."

흉마, 정확히는 육대금공의 나인성정본이다.

시대를 막론하고 나인성공의 수련자가 나타나면 무림은 피바람이 불고 수많은 희생이 나왔다.

그 위력과 공포를 알기에 더더욱 저지하기 위해서 힘썼다.

한편, 흉마의 무덤을 비롯한 모든 일을 계획했던 암천회의 분위기는 그다지 썩 좋지 못했다.

특히 흉마의 무덤은 하루 이틀 준비한 게 아니다. 여기에 들어간 돈과 시간은 셀 수 없을 정도로 많다.

"죄송하옵니다!"

쿠웅!

천기가 머리를 지면에 몇 번이나 부딪쳤다. 어찌나 강했는지 부딪칠 때마다 이마에서 피가 흘렀다.

한 번, 두 번, 세 번부터 피가 흥건히 흘러 지면에 고였다.

그 모습을 지켜보던 암천회주가 내려다보면서 위엄 가득한 목소리를 냈다.

"그만."

그 말이 나오자마자 천기가 행동을 멈췄다.

"보고."

"무덤에 칠성사병을 배치하였으나, 조사대가 도착하기 이틀 전부터 정기 연락이 끊겼사옵니다. 이후 급히 요광을 보냈습니다만, 그가 도착했을 때는 이미 수몰로 인해 무너졌으며 배치한 칠성사병은 보이지 않았다고……."

천기가 말을 이으며 상황을 보고했다.

요광이 확인한 얼마 뒤에 항산파가 도착했다.

"요약하자면 그동안 심혈을 기울인 계획이 실패하였으며, 또 그 이유조차 알 수 없다는 겐가. 천기."

주르륵.

천기의 이마에서 핏방울과 식은땀이 뒤섞여 흘렀다. 그 눈동자는 지진이라도 일어난 듯 흔들렸다.

"하하."

암천회주가 웃었다.

"하하하하!"

암천회주가 몹시 재미있다는 듯이 웃었다.

천기는 그 웃음에 의아해하지 않았다. 동조하지 않았다. 그저 고개를 숙인 채 다음 말을 기다렸다.

"세상사 마음대로 되는 것이 없다 했거늘, 격언에 틀린 말 하나 없도다. 설마하니 일이 이렇게까지 틀어질 줄은 나 역시도 예상하지 못했도다. 무엇보다 이렇게 철저히 농락당한 것도 처음이다."

암천회주가 웃음을 뚝 그쳤다. 입가에는 여전히 미소가 맺혀 있었다. 다만 그 미소는 얼음처럼 싸늘했다.

"내 사병들 중 어수룩한 자나 배신자가 있을 리 만무하니, 분명 누군가에게 당한 것이 틀림없겠지. 그놈이 분명 무덤을 붕괴한 장본인일 것이다."

암천회주의 눈이 형형하게 빛났다.

"천기."

"예!"

"수단과 방법을 가리지 말고 찾아내라. 그리고 살려서 내 앞에 대령해라. 그게 네 목숨 줄을 연명할 유일한 방법이니라."

"존명!"

*　　　*　　　*

호북(湖北).

방 안은 서재에 비견할 만큼 서적으로 가득했다.

탁자 위는 탑을 쌓은 것처럼 서적들로 가득했고, 방 내부 구석구석에도 잘 정리된 서적밖에 없었다.

그 외에도 무언가의 도면(圖面)이 방 곳곳을 굴러다닌다.

종이와 더불어 먹 향이 물씬 풍기는 방 안. 잠에서 막 깬 것처럼 부스스한 머리의 남자가 보였다.

"후우우."

남자가 붓을 내려놓고 자리에서 일어나 기지개를 켜자 '우드득' 하는 요란한 소리가 났다.

바깥에서 방해가 되지 않도록 대기하고 있던 하녀는 인기척을 듣자마자 문을 벌컥 열며 그를 불렀다.

"도련님!"

"깜짝이야!"

하녀의 부름에 남자가 화들짝 놀라며 휘청거렸다. 하마터면 넘어질 뻔했다.

"흐아암. 왜 그래? 무슨 일이라도 있어?"

남자가 입을 쩍 벌리면서 길게 하품했다.

하녀는 뺨을 붉힌 채로 그를 힐끗 쳐다봤다가, 이내 부스스한 머리를 보고 못 살겠다는 듯 땅이 꺼지도록 한숨을 내쉬었다.

"도련님을 찾아오신 손님이 계세요. 그리고 제발 부탁이니 머리 좀 정돈하고 사세요. 그게 뭐예요?"

"손님?"

남자가 기괴한 얼굴로 고개를 갸웃거렸다.

"이상하죠? 도련님은 친구 한 명 없는 외톨이인 데다가 유능하지도 않아서 도움을 청하러 올 사람도 없는데 말이에요……."

"누, 누가 친구가 없어? 친구 있거든!"

남자가 씩씩거리면서 분개했다.

"친구 누구요? 다섯 명, 아니 세 명만 대 보세요. 참고로 저 포함한 세가 식구들은 예외요."

"……."

사실적인 폭력에 남자가 답하지 못했다.

"도련님을 어릴 적부터 보필해 왔던 절 무시하지 말아 주세요. 어쨌거나, 빨리 만나러 가 보셔야 할 것 같아요. 잘 모르겠지만 어중이떠중이는 아닌 것 같던데요?"

"누구지……."

"화산파에서 오신 도사님이래요."

"……!"

화산파라는 말에 남자가 눈을 부릅떴다.

"화산파? 화산파라고?"

"네에."

"설마!"

남자가 잔뜩 흥분한 얼굴로 달려 나갔다.

"꺄악!"

하녀가 깜짝 놀라며 옆으로 비켜섰다. 그러곤 황급히 달려 나가는 뒷모습을 보면서 의아해했다.

"도련님이 저렇게 놀란 모습을 보이는 건 본 적 없는데…… 도대체 누가 찾아온 걸까?"

콰앙!

응접실 문이 거칠게 열린다.

"깜짝이야."

주서천이 하마터면 차를 흘릴 뻔했다.

"형님!"

남자가 주서천을 보고 환하게 웃었다.

"오랜만이구나, 승계…… 으응?"

주서천이 살짝 당황했다. 그 시선 끝에는 과거 조금 건방져 보이는 소년 대신 미남자가 서 있었다.

자다 깬 것처럼 부스스한 머리였으나, 외모를 저하시키는 요인은 되지 않았다.

머리는 작고, 턱 선은 여성의 것처럼 유려하다. 이목구비는 뚜렷하며 잡티 없는 피부는 하얗다.

눈썹도 두꺼운 편보다는 가늘고, 속눈썹도 남자치곤 길었다. 잘만 꾸미면 여자로 보일 것만 같았다.

연령을 보면 수염이 이제 막 나기 시작한 듯했다. 청년이라고 하기엔 아직 어리고, 소년이라고 하기엔 나이가 많았다.

"누, 누구신지……."

"하하, 형님. 장난도 심하십니다. 저입니다, 제갈승계. 형님의 유일한 동생인 천재 제갈승계요."

제갈승계가 재미있다는 듯이 웃으며 마주 보고 앉았다.

"아, 네 형님과 누님을 생각하면 이상한 건 아니지만 너 역시 미남자로 자라 주었구나."

주서천이 암담한 시선을 내리깔았다.

의형제로 삼은 동생이 이리도 잘생겼고, 앞으로 동행할 생각을 하니 앞일이 보여 화가 났다.

"그 얼굴로 아직까지도 혼례도 올리지 못하고 친구도 사귀지 못한 걸 보니 네 괴팍한 성격은 여전하겠지? 재능과 외모 전부 손에 넣었는데 사교 관계까지 뛰어나다면 배가 너무 아파 참지 못할 것 같다."

주서천이 괜히 울컥하며 신랄하게 비난했다.

"치, 친구 많이 생겼거든요!"

제갈승계가 말을 더듬었다.

"휴우!"

주서천이 안도의 한숨을 내쉬었다.

"그 반응을 보아하니 여전히 혼자구나."

"아니, 있다니까요!"

"그래? 그러면 벗 다섯 명의 이름을 대 봐라. 참고로 하녀나 하인 등의 세가 식구는 제외다."

"……."

제갈승계가 침묵했다.

"오 년만이구나."

주서천이 부드럽게 미소 지었다.

"오 년 만에 뵙습니다, 형님."

제갈승계에게 자신을 인정해 주는 사람은 특별하다. 그리고 그게 유일한 한 명이라면 더더욱 그랬다.

어릴 적부터 함께해 온 형제자매나 하녀, 하인들조차도 제갈승계의 기관지술을 곱게 보지 않는다.

생판 남, 아니 이제는 의형제가 된 사람이 언제나 천재라고 불러 주는 건 기분 좋은 일이었다.

"그런데 너 왜 갑자기 어울리지 않게 겸어냐?"

전에는 분명 말을 편히 놓았었다.

"형님, 저도 이제 그때의 아이가 아니라 성인이지 않습니까. 기본적인 예라는 건 압니다."

제갈승계가 쓰게 웃었다.

주서천이 그런 제갈승계를 보고 흐뭇하게 웃었다.

"그동안 어떻게 지냈느냐?"

"저야 똑같죠. 방 안에서 공부만 했습니다."

"기관지술?"

제갈승계는 대답 대신 고개를 주억거렸다.

"형님은 어떻게 지내셨습니까? 주워들은 게 몇 가지 있긴 하지만 그래도 형님에게 듣고 싶군요."

"주워들은 거라면 대충 예상이 가는데…… 당가?"

"예."

자신의 행적 중 최근 알려진 게 있다면 독봉과의 내기 대결 정도다. 그 외에는 산적 소탕 정도였다.

제갈승계가 해 주는 이야기는 주서천의 예상대로였다. 강호에 그렇게까지 소문이 나지는 않았다.

"그건 맞아. 그 뒤로는 그냥 돌아다녔지. 자세한 건 나중에 이야기할게."

제갈세가는 개방만큼 정보를 중요시 여긴다. 그러다 보니 염탐하는 일도 종종 있다.

지금 이 응접실을 몰래 보거나 듣는 자도 여럿 있었다. 조금만 집중하니 감각에 잡혔다.

"그러고 보니 승계야, 네 나이가 올해로 열여섯이지?"

"네. 반년만 지나면 열일곱입니다."

"세가에서는 자유롭고?"

"흉마의 무덤 탓에 끌려갈지도 모르는 운명이었습니다만, 어찌어찌해서 피하게 됐습니다. 아쉽더군요."

제갈승계가 진심으로 안타까워했다. 기관에 관련만 되면 눈을 별처럼 빛내는 건 여전하다.

"형님도 알다시피 제가 천재이기는 하지만, 그 재능을 보일 기회가 별로 없지 않습니까. 그래서 어쩔 수 없이 세가에서 공부만 하고 있죠. 제가 대기만성형이라서 그렇지 분명…… 분명히……."

제갈승계가 스스로 말하다가 말꼬리를 흐렸다.

'이 성격은 여전하구만.'

주서천이 속으로 쓰게 웃었다.

기관지술 만큼은 흥미와 자부심이 가득하기는 한데, 그 외의 성격은 영 그렇다.

"진법이나 무공을 모르는 제가 어디에 쓸모가 있겠습니까…… 저도 잘 압니다……."

이 부정적인 성격은 성장해도 그대로다.

제갈승계는 이후 투덜거리면서 그동안의 일을 넋두리하듯이 풀었다.

여전하 세가에서 무시를 받는 거나, 혹은 중부에게 쓴소리를 듣는 것을 투덜거리기만 했다.

그래도 삼안신투의 비고 일 덕에 어딘가 쓸모가 있을 상황이 올지도 모른다며 기관지술을 공부하고 연구하는 것을 제지당하지는 않았다고 한다.

평소에는 공부와 연구를 하며, 기관지술에 대한 서적을 집필하는 일을 번갈아 가며 했다.

"승계야."

주서천은 제갈승계의 어깨를 두들기며 씩 웃었다.

"공부도 좋지만 방 안에만 있으면 병 든다. 그리고 너도 성인이 되었으니, 슬슬 강호에 나갈 때가 되지 않았느냐?"

제갈승계가 강호라는 말에 눈을 동그랗게 떴다.

"형님, 혹시 절 찾아온 것이……."

"그래. 네 힘이 필요하다."

다른 누구도 아닌 제갈승계가!

第四章
혈농우수(血浓于水)

"승계에게 손님이 찾아와?"

현(現) 제갈세가의 가주, 제갈운은 아들을 찾아온 손님이
있다는 소식에 의문을 표했다.

"혹시 세가를 노린 사기꾼은 아닌가?"

아들에게는 미안한 말이지만 의심이 갈 수밖에 없었다.

제갈승계는 부모로서, 한 사람의 무림인으로서 봐도 썩
믿음직하거나 대단한 인물이 아니다.

그래도 제갈세가의 핏줄답게 머리가 안 좋은 건 아니지
만, 문제는 그게 아니었다.

세가 내에서는 누구나 알다시피 기관지술 외에는 관심을

두지 않아 다른 건 결코 배우지 않으려는 점이었다.

기문 진법은 물론이고 전술 같은 것에도 흥미를 도통 보이지 않고, 무공도 마찬가지였다.

그 태도는 육 년 전 수림구채에 의하여 행방불명되고 일 년 만에 생환했는데도 변하지 않았다.

제갈운도 그런 제갈승계를 일찍이 포기했다.

입 아프게 말해도, 혼내는 등 여러 방법을 동원해 봤지만 변하는 건 없었다.

형이나 누님과 다르게 잘난 점도 없고, 이상한 것에만 집중하는 아이에게 뭘 얻겠다고 접근하겠는가.

있어 봤자 제갈세가라는 오대세가의 이름 정도다.

다행히 항상 방 안에만 틀어박혀 있어서 사람 만날 일도 적으니 그런 자들도 정말 없다시피 했다.

"화산파의 주서천이라고 합니다."

"주서천?"

제갈운이 흠, 하고 잠시 생각에 잠겼다. 얼마 지나지 않아 그에 대해 떠올릴 수 있었다.

"과연, 독봉과의 내기에 승리했다는 그 청년인가."

최근에 들었던 일부터 떠올렸다.

"그리고 육 년 전에 승계와 함께 행방불명되었다가 생환했던 친분이 있지. 호북에 온 겸 만나러 온 건가."

제갈운의 신경은 금세 사그라졌다.

"혼자서 온 겐가?"

"그렇습니다."

"보아하니 수선행 중인가 본데, 보통은 동문의 사형제와 행동하거늘…… 그 아이도 꽤나 괴팍한 부류인가 보구나."

제갈운은 유유상종(類類相從)이란 말을 삼켰다.

"한데, 가주님. 아무래도 주서천이 단순히 공자님을 만나러 온 것만은 또 아닌 것 같습니다."

"그게 무슨 말인가?"

제갈운의 고개가 다시 옆으로 기울어졌다.

＊　　　＊　　　＊

세가 내에 마련된 산책로를 걷고 있던 도중이었다.

"육 년 만이군요, 공자."

이야기를 나누던 도중, 누군가 자신을 불렀다.

'심장에 안 좋군.'

몸을 돌리자마자 하마터면 헉 소리를 낼 뻔했다.

잔잔한 호수를 연상시키는 차분한 눈동자가 인상적인 미색을 겸비한 숙녀가 무표정한 얼굴로 서 있었다.

주서천은 본능적으로 그녀가 제갈승계의 누님이자 훗날

모사미봉이라 불릴 제갈수란이란 걸 알아봤다.

평소였다면 그 미모에 넋을 잃었을지도 모르겠으나, 동생 앞에서 대놓고 누님의 미모에 침을 흘렸다는 평은 피하고 싶지 않아 가까스로 정신을 차렸다.

모사미봉도 탐나는 인재인 것은 분명하나, 어차피 훗날 정파 무림을 위해서 일해 줄 것이니 상관없다.

자기편은 아닐지 몰라도 적어도 정파의 편이니까.

"아, 제갈 소저가 아니십니까. 육 년 만에 뵙습니다."

주서천이 반가워하면서 인사했다.

'미모에 대한 칭찬은 질리도록 들었으니 자제하도록 하자.'

괜히 안 좋은 인상을 새길 수 있다. 그러느니 차라리 아예 기억 못 하도록 하는 게 좋았다.

어차피 나중에 제갈수란의 힘이 필요하다면 제갈승계를 통해서 어떻게든 하면 된다.

"……."

그리고 그 행동은 제갈수란의 흥미를 끌었다.

대문파건 중소 문파건 양갓집 자제건 간에 남자라면 나이를 불문하고 대부분 비슷한 반응을 보였다.

어리거나 동년배들은 넋을 잃거나 얼굴을 붉히곤 천천히 정신을 차리면서 침이 마르도록 칭찬했다.

혼례를 올리지 않은 중년들도 불쾌한 시선으로 훑어보면서 은근한 욕심을 드러내기도 했다.

하지만 주서천은 어떠한 경우도 아니었다.

넋을 잃은 것도 아니었고, 부끄러워하지도 않는다.

눈을 똑바로 마주 본 채 아무렇지 않게 대답했다.

충분히 신선한 반응이었다.

"네, 육 년 만이네요."

육 년 전, 그때 봤을 때도 평범한 남아는 아니었다.

"소가주께서도 계십니까? 그렇다면 인사라도 드리고 싶군요."

"오라비께서는 안휘의 무림맹에 가신 지 제법 오래되었어요. 세가에는 일 년에 한 번 정도 돌아오신답니다."

"그렇군요. 듣자 하니 소가주께서 벌써 무림맹 군사로서 추천받고 있다는데, 정말 대단하십니다."

소가주, 제갈상은 수림구채 사건 이후 세가의 보호를 받다가 얼마 지나지 않아 다시 강호로 출두했다.

이후 여러 정파인과 임무를 수행하며 공을 세우고 이를 인정받아 무림맹 본부로 파견됐다.

"괜히 오룡삼봉 중 지룡(知龍)이라 불리는 게 아니지요."

참고로 오룡삼봉이 된 건 일찍이 강호에 출두할 때 즈음이다. 약관에 곧바로 일룡이 되는 쾌거를 이뤘다.

제갈수란은 대답 대신에 머리를 위아래로 흔들었다. 오라비에 대한 칭찬은 수백 번도 더 들었다.

주서천도 그걸 알기에 예의상 한두 번 했을 뿐, 더 이상 하지 않았다.

제갈수란은 고개를 느릿하게 움직여 어깨를 움츠리고 자신감 없는 모습을 한 남동생에게 말을 걸었다.

"세가를 나가 강호로 향한다는 말을 듣고 오는 길이란다."

"……!"

제갈승계가 올 것이 왔다는 표정을 지었다. 누님은 그런 남동생에게 시선을 고정한 채 말을 이었다.

"그건 누구의 의지니?"

"……."

제갈승계는 쉽게 답하지 못했다. 누님과 대화한 지가 제법 오래되었던 탓이다.

제갈승계의 성격이 내성적이다 보니 방 안에서 잘 나오질 않아 가족조차 어색하고 어려워했다.

어릴 적부터 천재인 형과 누님에게 비교당하니 더더욱 그랬다. 두 사람 앞에선 한없이 작아졌다.

"아니면…… 주 공자의 의지니?"

제갈수란이 다시 묻는다. 그 시선은 여전히 남동생에게

고정한 상태로 꿈쩍도 하지 않았다.

　제갈승계는 누님의 말을 머릿속으로 되뇌다가, 고개를 들어 눈을 마주쳤다.

　누님의 눈동자는 절벽 위의 만년 거암을 보는 듯했다.

　벼랑 끝에 있어 누구도 다가가지 못하는 고고함과 더불어 위험천만한 곳에 있음에도 흔들리지 않는 평정심을 지녔다.

　흥미 어린 것도 아니었고, 모멸이 담긴 것도 아니었다. 그렇다고 텅 빈 것도 아니다.

　그저, 잔잔한 호수처럼 흔들림 없는 눈으로 남동생을 비추면서 바라보기만 한다.

　제갈수란은 제갈승계의 대답을 기다릴 뿐, 재촉하지도 그렇다고 되묻지도 않았다.

　"……후우."

　제갈승계가 숨을 크게 들이쉬었다가 내뱉었다.

　허리를 곧추세우거나 가슴을 활짝 펴지는 않았다. 어깨도 여전히 움츠려 있었다. 당당함은 없었다.

　그러나 그 눈만큼은 기관지술을 공부하는 것처럼 올곧게 빛나면서 그녀의 눈과 똑바로 마주했다.

　"저의 의지입니다."

　제갈승계가 말했다.

"……."

제갈수란이 남동생을 가만히 바라보다가, 이내 고개를 느릿하게 위아래로 흔들어 살며시 웃었다.

"아버님께서 네 요청을 검토하시는 중이란다. 아마 대문 파와의 연을 쌓을 좋은 기회라 생각하실 테니 너무 걱정하지 않아도 된단다. 어떠한 호위 무사를 붙여 줄지 고민 중이시니 곧 결과가 나올 거야."

제갈승계가 멍한 표정을 지었다. 자신 앞에서 제갈수란이 이렇게 길게 말한 적은 처음이었다.

애초에 대화 자체가 손꼽힐 정도로 적지만.

"그럼, 편히 쉬다 가세요. 주 공자."

제갈수란은 볼일을 끝냈다는 듯 몸을 돌렸다.

제갈승계는 제갈수란의 떠나가는 뒷모습을 살펴보다가, 가슴을 쓸어 넘기면서 안도의 한숨을 내쉬었다.

"……휴우!"

"하하."

주서천이 웃으면서 제갈승계의 등을 토닥여 줬다.

"설마하니 정말로 형님 말대로 될 줄은 몰랐습니다. 도대체 어떻게 아신 겁니까?"

제갈승계가 의아한 눈초리로 주서천을 쳐다봤다.

불과 하루 전, 제갈승계는 주서천의 제안한 강호 출두 제안을 고민하지 않고 승낙했다.

쓸모없는 자신을 필요로 하고, 또 기관지술에 대한 공부와 지원을 무한으로 약조해 줬다. 거절할 이유가 어디에도 없었다.

기관지술에 대한 인식이 전보다는 나아졌지만 세가에서는 여전히 천시하는 편에 속했다.

기관지술을 공부하다 보면 기관을 만들어 이를 시험해 봐야 하는데, 이게 생각 이상으로 돈이 소모됐다.

한두 푼 수준이 아닌지라 용돈으로는 현저히 부족했고, 지원을 요청하면 그런 곳에 쓸 수 없다면서 거절당했다. 이 탓에 아쉬운 것이 한두 개가 아니었다.

주서천이 그걸 대신 해결해 준다고 하니 그의 입장에서는 거절하기는커녕 쌍수를 들고 환영할 일이다.

그래서 고민하지 않고 흔쾌히 승낙했다. 다만 세가에서 허락할지가 걱정이었다.

이에 주서천은 고민을 듣고 걱정할 필요 없다면서, 나가고 싶다는 의지만 잘 표현하라고 조언해 줬다.

또한 제갈수란이나 혹은 제갈운이 찾아올지도 모르니 마음을 단단히 잡는 편이 좋을 거라고 덧붙였다.

설마 했는데 그 예언은 곧 현실이 됐다. 그 덕분에 눈을 마주치고 자신의 의사를 표현할 수 있었다.

"설사 세가에서 너를 등한시한다 할지라도, 피는 물보다 진한 법이다. 최소한의 걱정이 있을 수밖에 없으니, 누군가는 찾아올 거라고 생각했지."

정말로 망종이 아닌 이상 핏줄을 가만히 내버려 두지는 않는다. 크든 작든 걱정을 하는 법이었다.

그리고 아무리 망나니라고 해도 그놈의 핏줄 탓에 잘못된 판단을 하기도 한다.

그게 혈육이었다.

'가주인 제갈운은 잘 몰랐지만, 제갈상이나 제갈수란이 있다면 분명 그럴 거라고 생각했으니까.'

미래이자 과거. 전생의 미래에서 만각이천 제갈승계는 온갖 이용만 당하다가 비참한 최후를 맞이했다.

당시 제갈세가는 천재를 그냥 내버려 뒀다며 수많은 비난을 받았으나, 제갈상과 제갈수란은 예외였다.

그 둘은 각각 군사와 같은 요직에 앉기 전에는 세가에 머물면서 제갈승계를 종종 챙겨 줬다고 한다.

물론 그의 천재성과 기관지술의 중요성을 알아주지는 못했으나, 그래도 최소한의 보호는 해 주었다.

실제로 지금도 종종 세가의 어른들이 너무 오냐오냐하지 말라며 뭐라 할 정도였다.

정확하지는 않으나 제갈상도 제갈수란도 남동생의 천재

성을 알아주지 못했다고 자책했다고 한다.

한 사람도 아니라 세 사람 전부 희대의 천재이다 보니 그들에 대한 일화가 상당해 기억할 수 있었다.

"자, 그럼 확신도 받았으니 언제든지 출발할 수 있도록 짐이나 싸도록 하자고."

＊　　　＊　　　＊

제갈운이 가신을 모아 회의를 열었다. 두말할 것도 없이 제갈승계의 강호 출두에 대해서였다.

가신들은 그다지 큰 관심을 보이지 않았다. 다들 입을 모아 괜찮다는 반응만 보였다.

세가 내에서 제갈승계에 대한 취급이 어떤지 알 수 있는 모습이었다.

호위 무사를 붙이는 것을 조건으로 강호 출두를 허가하는 걸로 만장일치가 나왔다.

그래도 제갈세가의 핏줄이라고 절정 중에서도 초절정을 코앞에 둔 고수를 호위 무사로 붙여 주기로 했다.

참고로 그동안 세가 내에서 지내면서 몇몇 사람들이 주서천에게 접근해 왔다. 딱히 볼일이 있는 건 아니지만 화산파의 도사와의 인맥을 쌓기 위해서였다.

주서천은 제갈세가의 가신들을 비롯하여 세가에 머무는 식객들과 적당히 대화를 나누면서 지냈다.

그들은 대부분 독봉과의 대결에 흥미를 보이면서 여러 가지를 물었고, 주서천은 대충 답해 줬다.

"저자가 독봉과의 승부에서 승리했다는 소문의 주서천인가."

"보아하니 무공도 대단해 보이지 않더군."

"스스로도 운이 좋았다고 말하지 않는가. 혹은 어떠한 속임수를 쓴 것이겠지."

"에이, 그래도 화산파의 도사가 아닌가. 설마 그리하겠는가?"

"그러면 무슨 수로 저런 자가 오룡삼봉 중 독봉 당혜에게 이기겠는가? 분명 무언가 착오가 있었겠지."

"하기야, 그것도 그렇군."

제갈세가는 오대세가이긴 하지만 무공만으로 보자면 최약이다. 세력 규모는 크지만 무력은 약하다.

그들의 장기는 어디까지나 두뇌. 화경의 고수는커녕 초절정이나 절정도 몇 없었다.

그렇다 보니 주서천이 남들 눈에 띄지 않으려고 무공을 숨기자 이를 알아볼 수 있을 만한 고수가 없었고, 그 탓에 다들 은연중에 무시하면서 곧 흥미를 잃었다.

애초에 세가 내에서 무시 받고 별종 취급받는 제갈승계와 함께 어울린다는 것 자체가 큰 요인이었다.

"왠지 모르게 형님이 제 탓에 무시를 받는 것 같아 죄송할 따름입니다."

제갈승계도 중간에 눈치채고 찾아와 미안해했다.

"괜찮아. 내가 무시 받은 만큼 동생인 네가 노예처럼 일해서 보답하면 되니까."

"예?"

"그리고 원래 이런 건 무시 받다가 나중에 출세해서 확 놀라게 하는 맛이 있는 법이란다. 복수는 보다 확실하고, 화끈하게 하는 편이 재미있지. 안 그래?"

"여전히 이상한 말만 골라서 하는 광인 같습니다."

"뭐?"

"아무 말도 안 했습니다."

이튿날.

준비할 것은 없었다. 챙길 짐도 별로 없었고, 세가 내에서도 허가가 나왔다. 바로 출발하기로 했다.

배웅을 나온 사람은 몇 없었다. 그 얼마 없는 사람들도 대부분이 얼굴만 비치고 사라졌다.

끝까지 남은 사람은 겨우 둘밖에 없었다.

"설마하니 공자님께서 강호에 나가실 줄은 몰랐어요. 솔직히 말해서 영원히 방 안에만 계실 줄 알았는데…… 처음 들었을 때는 너무 놀랐지 뭐예요?"

제갈승계를 어릴 적부터 보필했던 하녀였다.

"솔직히 말해서 여러모로 걱정이랍니다."

하녀가 걱정 어린 눈으로 한숨을 푹 내쉬었다.

제갈승계는 그 누구도 이해하지 못하는 괴인이긴 하지만, 그렇다고 심성이 나쁜 것은 아니었다.

아랫사람을 막 대하지 않고 친절히 대해 주는 편이었고, 자신에게는 특히 더더욱 그랬다.

실은 대화할 상대라고 해 봤자 하녀 정도뿐이라서 잘 대해 줄 수밖에 없지만 말이다.

어쨌거나 그에 대해 자세히 아는 사람 중 하녀만 한 사람도 또 없다. 그렇기에 더더욱 걱정이었다.

"그렇게 걱정되면 너도 따라올래……?"

제갈승계도 조금 걱정되는지 주서천 외에 유일하게 힘이 되어 주었던 하녀에게 구원의 눈길을 보냈다.

"아, 그건 그거고 이건 이거고요. 도련님도 알다시피 제 가족이 세가 근처의 마을에 사시고, 제가 검이나 피 같은 거 무서워하시는 거 알잖아요."

하녀가 정색했다.

"그래……."

제갈승계의 얼굴이 한층 더 우울해졌다가, 다른 한 사람을 보곤 얼른 표정을 풀었다.

"누님, 저를 믿어 주시고 보내 주셔서 감사합니다. 기회가 있다면 강호에서 또 뵙도록 하겠습니다."

평소 무슨 생각을 하는지 몰라 어렵기만 했던 누님이었다. 하지만 이번 일로 생각을 조금 바꾸게 됐다.

비록 말은 하지 않아도 자신을 생각해 주고 있다는 것을 안 것만으로도 기뻤다.

가족의 따스한 걱정을 처음으로 인식하게 된 만큼 그녀의 마음에 똑바로 보답하고 싶었다.

참고로 제갈수란은 약 삼 년 전에 강호에 출두했다가 일 년 전에 세가로 돌아와 휴식을 취하는 중이다.

혼례에 대한 이야기도 없고, 가주나 본인 역시 그에 대한 생각이 없으니 곧 강호로 다시 나올 것이다.

"강호에서 곤란한 일이 생긴다면 얼마든지 세가의 도움을 받도록 하렴. 무림맹으로 서신을 보낸다면 오라버니께서 얼마든지 도와줄 거란다. 그 외에 강호에 나가면 주의할 것과 도움이 될 것을 여기에 적어 두었으니 시간 날 때마다 읽어 보도록 하렴."

제갈수란이 서적을 건네줬다.

제갈승계는 제갈수란이 말이 적은 편이고 무감정하다 생각했었지만, 그동안 그게 착각이라는 걸 알게 됐다. 그동안 대화한 적이 없어서 그랬던 것뿐이다.

'아······.'

주서천은 그 광경을 지켜보면서 미소 지었다.

'바뀌었구나.'

이용만 당하고, 가족의 사랑조차 모른 채 쓸쓸하고 비참한 최후를 맞이했던 만각이천 제갈승계.

지금 눈앞의 광경을 보고, 주서천은 확신했다.

적어도 그런 불행은 맞이하지 않아도 된다고.

분명 제갈수란 만큼은 곁에 있을 거라 확신했다.

'동생아.'

비록 피는 이어지지 않았다.

하지만 제갈승계는 확실히 자신의 동생이다.

그리고 그와 의형제의 연을 맺은 순간, 하늘에 맹세했다. 과거와 미래를 걸고 맹세했다.

다신 전과 같은 인생을 살게 하지 않겠다고!

"남동생을 잘 부탁드릴게요, 주 공자."

제갈수란이 절도 있게 인사했다. 몸에 묻어나는 기품이 적지 않아 감탄이 절로 나왔다.

"물론입니다. 맡겨 주십시오."

주서천이 입꼬리를 씩 올리며 자신감 있게 웃었다.

제갈수란은 고개를 한 차례 끄덕이곤, 그제야 안심한 듯 등을 보이며 발걸음을 옮겼다.

"제갈 소저."

"……?"

시야에서 사라지기 전, 주서천이 제갈수란을 불러 세웠다.

"기문진이란 건, 자연물이나 인공물을 사전에 배치하여 발동하지 않습니까?"

"네?"

"전장의 경우, 변수와 유동이 심하다 보니 기문진이 발동 전에 망가지거나 합니다. 또한 유도하지 않으면 배치한 지역에 오지 않는 경우도 허다하지요."

"도대체 무슨 말씀을……?"

"원하는 곳에 무언가를 던지는 것만으로 기문진을 사용할 수 있다면, 어떠한 변수에도 대항하여 원하는 곳에 신속히 기문진을 사용할 수 있지 않을까 하는 생각이 들었습니다."

제갈수란이 입을 열었다가 다시 닫았다. 무언가 생각에 잠긴 얼굴이었다.

주서천은 그런 제갈수란을 뒤로한 채, 손을 흔들어주곤

모습을 감췄다.

＊　　　＊　　　＊

"형님. 이제 저희는 어디로 갑니까?"

"산동(山東)."

"산동이라면…… 황보세가(皇甫世家)나 태산파에 볼일이라도 있습니까?"

제갈승계가 의문이 담긴 시선으로 쳐다봤다.

"반가운 얼굴 보러. 너도 아는 사람이야."

"그게 누구입니까?"

"이의채."

"아! 금의상단주!"

제갈승계가 떠올린 듯 무릎을 탁 쳤다.

"금의상단에 대한 명성은 세가에 있을 적부터 귀가 닳도록 들었습니다. 그 돈 중 일부분이 제 것이라는 것이 마음에 듭니다. 금의상단주의 품성은 의심하고도 남을 만하지만 그런 건 사소한 것이죠."

기관을 얼마든지 만들 수 있게 해 주는 만능의 힘.

황금!

그 이름 앞에 입이 귀밑까지 찢어졌다.

"이제부터 산동이 두 번째 고향이 될 거다."

주서천이 씩 웃었다.

"……"

참고로 일행은 두 사람만이 아니라 세 사람이었다.

제갈세가에서 호위로 붙여 준 절정의 호위 무사다.

양문(梁門)은 별종 둘을 보곤 속으로 한숨을 내쉬었다.

'제길!'

양문은 원래 호북 정파 중소 문파의 문주였다.

하나 세력도 약소하고 돈도 부족해 이십 년 전 즈음에 귀주의 분쟁 지역에 참전했다.

그때 모든 문도를 잃고 겨우 살아남았고, 그 상실이 커 문파를 재건할 의지를 잃었다.

마침 당시 인재를 찾고 있던 제갈운의 눈에 띄어 가신으로 제안을 받게 됐고, 그대로 의탁하게 됐다.

'아무리 내가 요새 농땡이를 부렸다고 제갈승계의 호위 무사로 삼아? 가주! 처사가 심하오!'

양문은 무위는 출중했으나, 버릇이 나빴다.

초절정으로 향하는 벽을 거의 이십 년 동안 넘지 못해 모든 걸 포기하고 지금 수준에 안주해 살아갔다.

귀주 분쟁 이후로는 임무 같은 것에 귀찮아하고, 적당히 술을 마시고 기루를 들락거렸다.

제갈세가에서는 그런 양문을 고깝게 여겼으나, 한번 임무에 투입하면 상당한 실력을 발휘해 뭐라 하지는 못하고 있었는데, 마침 적당한 기회가 생겼다.

'이렇게 성가신 일을 맡기다니!'

세가에서도 제갈승계를 등한시했지만, 그렇다고 가신 입장에서 막 대할 수는 없었다.

"양 소협. 표정이 영 밝지 않군요."

주서천이 양문의 얼굴을 보고 말을 걸었다.

"걱정해 줘서 고맙소. 걱정할 필요는 없소."

양문이 대놓고 신경 끄라는 기색을 보였다.

주서천은 그런 양문을 보고 '흐흐' 웃었다.

"지금은 후회할지 몰라도 줄을 잘 선 것이니 걱정 마십시오. 나중에 나에게 고맙다고 할 겁니다."

그의 말에 양문이 어이없어했다.

'미친놈!'

속으로 욕밖에 안 나왔다. 자고로 미친놈과는 상종하지 않는 것이 좋다.

똥이 무서워서 피하나? 더러워서 피하지!

유유상종이라고 하더니만 틀린 말 하나 없었다. 세가의 괴인과 친하다면 비슷한 부류가 아니겠는가.

'이럴 줄 알았으면 농땡이는 작작 부릴걸!'

물은 엎질러졌다. 후회는 언제나 늦는 법이다.

앞으로의 일이 험난할 것이 뻔히 보였다.

양문은 땅이 꺼지도록 한숨만 쉬어 댔다.

주서천은 그런 양문을 보고 피식 웃었다.

'자, 정말로 이제부터다.'

그동안은 혼자만 바쁘게 움직였다. 하지만 산동에 가면 이제 그럴 일도 별로 없다.

산동, 제남(齊南)은 주 연고지가 된다. 이곳을 중점으로 해서 세력을 모아 암천회에 대항할 생각이었다.

화산파의 힘을 빌리면 보다 쉽지만, 그러면 아무래도 자유가 제한되어 성가시다.

무엇보다 전쟁이란 건 한 세력이 하는 게 아니다.

사문을 도와주고 전력을 보강하는 것도 중요하긴 하지만 그건 나중에 해도 늦지 않다.

우선 앞으로 일어날 일을 떠올리고 그것들을 만년화리나 천년설삼 등처럼 선수를 쳐야 했다.

지리적으로 나쁘지 않은 곳이었다.

아직 발견되지 않은 철광산 등의 지하자원뿐만 아니라 밀이나 연초(煙草) 같은 농산물도 많다.

바다도 지척이라 해산물도 풍부하고, 항구도 있어 교역에도 유리하다. 황하의 하류도 이어져 있었다.

북쪽으로는 하북과 북경이 있고 서쪽으로 하남, 남쪽으로 안휘와 강소까지 있다.

　정파 무림의 세력권인 데다가 북경까지 가깝고, 무엇보다 치안이 좋아 안전했다.

　땅값이나 세금이 적지는 않지만, 금의상단에게는 그렇게까지 무리가 가는 건 아니었다.

　"아, 저 멀리 제남이 보이는군. 곧 있으면 도착이다."

第五章
지자력의(知者力矣)

　금의상단은 성장했다. 그 속도도 규모도 작지 않았다. 근 몇 년 사이에 정말 몰라보도록 커졌다.

　보통 돈이 많으면 벌레가 꼬인다. 거기에 더해 강도들도 찾아왔다.

　상단주는 그걸 돈으로 막았다. 흔히들 말하는 뒷돈을 찔러 넣어 권력자들을 포섭했다.

　든든한 배경이 버텨 주니 건들 사람이 몇 없었다.

　물론 목숨 아까운 줄 모르고 욕심에 눈이 먼 자들도 몇몇 있긴 했다. 하지만 호위에게 막혔다.

　권력도 재산도 무력도 나름 출중했으나, 상단주는 여기

에서 안주하지 않았다. 그 욕심은 대해와 같았다.

하지만 욕심에 눈이 멀어 옳고 그름을 판단하지 못하거나 하는 일은 없었다. 보다 완벽하고 확실한 재산을 얻기 위해서 과한 행동을 하지는 않았다.

또한 상단주가 향락을 밝히거나 사치를 부리는 것도 아니었고, 대부분을 돈벌이 수단으로 사용했다.

보통의 졸부들이라면 돈을 마구잡이로 써 대 파멸하기 마련이었으나, 금의상단 만큼은 예외였다.

"자고로 돈이란 건 돌고 도는 것이지. 술에 취하거나, 성욕을 해소하는 것보다는 돈을 부르는 데 돈을 쓰는 게 훨씬 낫지. 그런데 사람들이 그걸 몰라."

으하하!

이의채가 불룩 튀어나온 배를 보이며 웃어 댔다. 전형적인 욕심 많은 상인의 웃음소리였다.

눈앞에 놓인 금전들을 보니 배부르기는커녕 배가 고파졌다. 이 허기를 얼른 채우고 싶었다.

허기와 욕심은 이의채의 원동력이다.

"그 웃음소리는 여전하시군, 상단주!"

그때였다. 문 바깥에서 누군가의 목소리가 들렸다.

"헉! 이 목소리는!"

이의채가 자리에서 벌떡 일어났다. 옷 사이에 껴 둔 금전이 와르르 떨어지면서 시끄러운 소리를 냈다.

주변에서 전충(錢忠)이라 불릴 정도로 돈에 집착이 강한 그가 손에 쥔 돈을 전부 떨어뜨렸다.

그만큼 놀랍고 중요한 일이 벌어졌다는 의미다.

"대, 대협?!"

콰앙!

문이 거칠게 열리며 이의채가 나왔다. 신발을 신는 것도 잊은 채 버선발로 헐레벌떡 뛰었다.

"저게 상왕이라니…… 참."

주서천이 그 모습을 보고 쓰게 웃었다.

*　　　*　　　*

식탁 위는 온갖 산해진미로 가득하다.

근처 산지에서 가져온 산채부터로 시작하여, 어창(魚倉)이라 불리는 발해(渤海)에서 갓 잡아 온 싱싱한 물고기로 뜬 회나 구이 등의 해산물. 그리고 잔치에서나 볼 법한 돼지 등의 고기도 올라와 있었다.

"아이고, 정말로 오랜만에 뵙습니다."

이의채가 연신 굽실거리면서 헤헤 웃었다.

오 년이란 시간이 흘렀는데도 여전하다.

"고개부터 드시고 말해 주십시오. 적어도 눈은 마주치고 대화해야 하지 않습니까."

주서천이 못 말리겠다는 듯이 고개를 좌우로 절레절레 흔들었다. 그제야 이의채가 머리를 들었다.

"세월이 흘러도 대협에 대한 존경심이 변치 않았다는 걸 증명하기 위함이었으니 부디 이해해 주시기 바랍니다."

이의채가 손바닥을 비벼 댔다.

"그나저나 대협께서도, 소협께서도 그간 안 본 사이에 정말로 미남자로 자라 주셨군요. 이 소상, 보자마자 그만 넋을 잃었습니다."

"사람이 이렇게까지 바뀌지 않는 것도 신기하군."

제갈승계가 감탄을 금치 못했다.

이의채는 주서천과 제갈승계를 극진하게 대접했다.

하인과 하녀도 들이지 않았다. 편히 이야기할 수 있기 위해서다. 세 사람만 아는 비밀을 위해서다.

삼안신투의 비고 일은 아직까지도 기밀이다.

배를 채우는 동안 그동안 있었던 일에 대해서 대화했지만, 중요한 이야기는 전에 서신으로 나눴었다.

식사 도중에는 무림에 대한 정세나 상단의 일 등에 대해서 대화했다.

그리고 식사를 끝낸 뒤, 상을 치우고 나서야 본론에 들어

갔다.

"상단주. 앞으로 무기가 좀 필요할 겁니다."

주서천의 첫 마디에 이의채의 분위기가 바뀌었다.

실실거리던 웃음이 사라지고, 눈매가 살짝 가늘어졌다. 그래도 입가에 옅은 미소는 여전했다.

"무기라 하오면……?"

금의상단은 전부터 무기도 취급했다. 주서천이 그걸 모를 리 없다. 그렇기에 의문을 표했다.

"정확한 시기는 모르지만, 그렇게 멀지 않은 시일 내에 전쟁이 날 것입니다."

그의 말에 이의채가 놀란 듯 눈을 동그랗게 떴다.

옆에 있던 제갈승계는 그다지 놀라워하지 않았다.

여기에 오기 전에 주서천이 미리 설명해 두었다.

'흉마의 무덤은 수몰됐어. 더 이상 어떻게 복구할 수 있는 수준이 아니야. 하지만 그게 끝이 아니다.'

무덤 조사대의 칠대 세력은 결코 우연이 아니다.

어떤 회의를 하건 간에 그 칠대 세력의 구성원은 바뀌지 않는다. 암천회의 손이 가 있는 탓이다.

무림맹과 사도천뿐만 아니라 마교에서조차 회의에 참석할 수 있는 간자가 숨어져 있다.

전쟁을 확실하게 일으킬 수 있도록 손을 써 두었다.

다른 계기를 꺼내 그들을 부추겨 또 하나의 전쟁을 일으킬 것이라 확신했다.

애초에 실패해도 다른 대안으로 대체할 수 있도록 계획한다. 암천회의 무서운 점 중 하나였다.

"전쟁이라, 돈 냄새가 나는군요. 무기뿐만 아니라 약재도 필요하게 될 겁니다."

이의채가 눈을 가늘게 뜬 채로 히죽 웃었다.

그는 결코 선인은 아니다. 약간의 도덕심만 있을 뿐, 돈을 벌 수만 있다면 뭐든지 좋다는 주의였다.

물론 천륜을 저버릴 정도로의 악행을 하지는 않는다.

최소한의 도리는 지켜야 한다. 그렇지 않으면 신뢰를 잃는다. 상인에게 신뢰는 곧 목숨이자 돈이다.

돈을 원하는 만큼, 효율적인 걸 추구한다. 그게 금의상단 주인 상왕 이의채라는 상인이다.

"더 필요한 것은 없습니까? 비교적 자세한 이야기를 해주셨으면 하는군요."

"형님의 말을 그대로 믿는 겁니까?"

제갈승계가 의문 하나 품지 않는 이의채를 보고 신기한 듯이 물었다.

의형제인 자신조차도 주서천이 처음 설명해 줬을 때 뭔소리냐고 자세한 설명을 요구했었다.

하지만 이의채는 그런 것 따위 하나 없었다. 눈에 약간의
의문이 있긴 했으나, 그것도 곧 사라졌다.

"킁킁. 돈 냄새가 납니다. 제 후각은 여태껏 단 한 번도
틀린 적이 없습지요. 무엇보다…… 그동안 대협이 말한 것
중에서 틀린 것은 없었습니다. 대협이 알려 준 대로 행동하
니 많은 돈을 벌 수 있었지요."

오직 돈으로만 이어진 관계다.

하지만 이의채에게는 그 돈이 전부다. 어떠한 말이나 증
거보다도 중요하다. 그 외에는 중요하지 않다.

목숨이나 가족보다도 중요한 돈. 세상 모든 것의 중심이
자 모든 걸 품 안에 안겨 주었다.

남은 이해할 수 없지만 그딴 건 상관없었다.

이의채에게 중요한 것이었으니까.

상왕은 이익을 좇으며, 또한 상인의 기본적인 '등가 교
환'과 '신뢰'라는 걸 무엇보다 중요시한다.

그에 대한 건 미래에서 너무나도 유명하다. 역사가 그걸
증명했다. 그렇기에 믿고 맡길 수 있었다.

지자력의(知者力矣), 아는 것이 곧 힘이다.

"금(金)과 기(器)와 약(藥)을 구하는 것은 그다지 어렵지
않을 것입니다. 그러니 인(人)에 신경 써야겠군요."

이의채가 주서천이 원하는 바를 정확히 맞췄다.

"그중에서도 무인(武人)이 특히 필요합니다. 낭인이라도 상관없으니 모집하십시오. 무공이 형편없어도 상관없으니 믿을 수 있고 통제할 수 있는 인원으로 채워 두십시오."

"사람을 부리는 건 이 소상의 특기입니다. 돈으로 귀신도 부린다 하지 않았습니까? 맡겨만 주십시오."

*   *   *

암천회의 대계(大計)에 변화가 생겼다.

원래는 흉마의 무덤을 계기로 삼아 전쟁의 막을 열 생각이었으나, 일이 어긋나면서 불발됐다.

하지만 완전히 끝난 건 아니다. 흉마의 무덤은 더 이상 쓸모없어졌지만 다른 방법이 없는 건 아니다.

계기만 주어진다면 심어 둔 간자나 바람잡이인 풍자(風者)를 이용해 전쟁을 부추길 수 있었다.

"비급을 풀어 대체한다."

그래서 그 계기를 다시 준비했다. 다른 계책에서 사용될 것이었지만, 우선순위는 이쪽이었다.

"누구의 것으로?"

"혈승(血僧)!"

이럴 수가!

"호오!"

여기저기서 감탄이 흘러나왔다.

"원래의 계획과 많이 틀어지는 것이 아닌가?"

"소림사가 움직이겠지."

혈승은 사백 년 전의 인물로, 원래는 소림사의 무승(武僧)이었으나 파계(破戒)하여 내쫓긴다.

그는 원래 소림사에서도 촉망받던 천재였다. 하나를 배우면 열을 알고, 알아서 진의(眞意)를 깨우쳤다.

중원 무림에서도 그를 보고 불세출의 천재라면서 치켜세웠고, 모든 이들의 기대를 한 몸에 받았다.

혈승은 배우는 것마다 얼마 걸리지 않고 금세 대성했다.

시간이 흘러 더 이상 소림사에서도 그를 가르칠 자가 없어지자, 장경각(藏經閣)의 출입이 허가됐다.

장경각에는 불교의 경전뿐만 아니라 소림사가 소유한 무공 비급으로 가득했다.

혈승은 허가된 무공을 물 먹은 목화(木花)처럼 흡수하였다. 그중에선 해석되지 않은 무공도 있었다.

그 덕에 난해하여 완전하지 못한 소림사의 몇몇 무공도 해석되는 쾌거를 이루었다.

이에 소림사는 혈승에게 불학 무공의 최고이자 절세신공인 역근경(易筋經)을 맡겨 해석을 기대했다.

결론만 말하자면 역근경은 해석하지 못했다. 아니, 해석할 수 있었지만 해석하지 않았다는 것이 맞다.

혈승은 무공에 대한 호기심과 욕심이 커, 결국 금기에 손을 댔다. 바로 장경각에 봉인된 마공서였다.

이 불세출의 천재는 마공서를 습득한 것도 모자라, 마공과 역근경을 결합하여 새로운 무공을 창안했다.

"혈근경(血筋經)!"

마공을 수련한 것도 모자라서 역근경을 마공과 결합하는 정신 나간 짓을 저질렀다.

아무리 그동안 소림사에 도움이 되는 일들을 많이 했다고는 하나, 이건 어떻게 변호할 수 있는 수준이 아니었다.

파계야 두말할 것도 없었고, 무공 유출을 걱정하여 뇌옥에 평생 동안 가둬야만 했다.

참고로 소림사에서 무승이 파계승으로 전락할 경우, 사지 근맥이 잘리고 단전을 폐한다.

혈승은 그 사실을 알기에 고민하지 않고 소림사를 뛰쳐나왔고, 그 뒤를 백팔나한이 쫓았다.

그 이후 벌어진 일은 소림사 역사상 최고의 치부가 됐다. 백팔나한의 대부분이 혈승에게 당한 탓이었다.

애초에 무공에 대해서는 불세출의 천재라 불리는 혈승이고, 장경각의 비급을 흡수했다. 당시는 물론이고 소림 역사상 혈승만큼 강한 자 자체가 몇 없었다.

이후에 무림맹을 비롯하여 정파 무림에 도움을 요청하였으나, 끝끝내 척살에 실패했다.

"혈근경이 진실이란 것이 알려지게 된다면 필시 백팔나한도 나서겠지. 그것들이 좀 성가시지만, 마교도와 상극이니 분명 험악한 분위기를 만들 터. 굳이 힘쓰지 않아도 전쟁이 일어날 것이다."

"과연. 탁월한 선택이군."

"다만 그만큼 변수도 크니 주의하도록 해라. 혈근경은 나인성정본과 다르게 금공도 아니니까."

소림사 입장에선 금공이나 마찬가지인 마공이나, 마도이세 측에서는 금공으로 쳐주지는 않았다.

혈근경을 수련하면 소림 공적이 되겠지만, 마도이세에 의탁하면 되니 별로 상관없다.

어차피 마공을 수련하면 정파와 사파에서 환영받지 못한다.

"으드득. 도대체 누구인지는 모르겠으나, 모든 걸 망친 그놈을 잡아 편히 죽이지는 않으리라!"

*　　　*　　　*

금의상단 휘하의 무사는 삼백 명가량이다. 그중에는 낭인도 있었고, 정파인도 있었다. 중소 문파 출신부터 시작해 무림맹 출신인 자도 있어 무척 다양했다.

이의채는 이들을 백 명씩 일군(一軍), 이군(二軍), 삼군(三軍)으로 나누어서 운용했다.

삼군은 정말로 별다른 조건 없이 돈으로만 고용된 낭인뿐이었다. 얼마 전에 주서천의 명으로 데려왔다.

이군은 금의상단의 각 지점에 배치된 무사였다. 삼군보다 출신이 좋거나 무공이 강했다. 급여도 좋았다.

일군은 정예였다. 질풍십객들이 선두로 서서 부대를 열로 나뉘어 이의채의 수족으로써 힘썼다.

덧붙여서 일군은 설사 이군보다 무공이 떨어진다 하더라도, 질풍십객처럼 신뢰할 수 있는 자들이었다.

누구보다 돈이 필요했고, 그건 자기 자신의 사리사욕이 아닌 가족처럼 소중한 사람을 위해서였다.

"어쩔 수 없는 사정이 있고, 그걸 이용해서 충성하도록 만드는 건가. 하지만 강제는 아니야. 협박이면 협박인데, 아니기도 하니 정말 기가 막힌 솜씨군."

주서천이 이의채의 능력에 다시 한 번 감탄했다.

"상단주. 당분간 이군의 지휘를 제가 맡겠습니다."

삼군은 아직 신뢰가 쌓이지 않았다. 타 세력에서 돈만 쥐여 준다면 도망칠 수 있었다.

그 외에도 금의상단을 적대하는 상단에서 간자를 넣을 가능성도 다분하다.

그래서 비교적 상단에서 신뢰를 쌓고 있으며 무공도 그럭저럭 괜찮은 이군의 전력을 강화하기로 했다.

이군은 처음 상단주의 명을 듣고 어리둥절했다.

아무리 구파일방 출신이나, 서른도 채 되지 않은 애송이가 자신들을 훈련시키겠다니 어이가 없었다.

상단주의 명이기는 해도 받아들이기가 힘들었다.

여러 곳에서 반발이 나왔다.

"상단주님, 아무리 그러셔도 이건 좀 너무하지 않소?"

"화산파의 명성을 모르는 건 아니지만, 저자는 어려도 너무 어리지 않습니까?"

"구파일방 출신의 제자이고 상승의 무공을 수련했다고 무작정 고수는 아니오. 딱 봐도 경험 없는 애송이인데 뭘 안다고 우리를 가르치겠소?"

이군의 무사들은 자존심이 상했다.

오룡삼봉이라면 또 모른다. 애초에 주서천이라는 이름 석 자 자체가 처음이다. 나이가 어린 것도 짜증 나는데 무명인 자가 상관으로 들어왔다.

"다들 입 닥치시오. 무신께서 지금 여기에 계시오."

대략 정신이 멍해지는 아부였다. 주서천 장본인도 기가 질린 기색으로 혀를 찼다.

"상단주께서는 다른 업무를 보도록 하십시오. 이곳은 제가 알아서 하도록 하겠습니다."

"죄송합니다, 대협. 미천하기 짝이 없는 이 소상 탓에……."

"아, 좀!"

괜히 일만 키울 것 같은 이의채가 물러갔다.

주서천은 백 명을 앞에 두고 말했다.

"원래 백 번의 말보다 한 번 보여 주는 것이 낫지."

"하?"

"그러니 다 덤벼라."

"그게 뭔 개소……."

"내가 먼저 간다!"

금의상단 제남 지부는 으리으리하게 컸다. 일반 수준의 저택이 아니었다. 앞에 대(大)가 붙는다.

백 명이 움직여도 충분한 연무장까지 붙어 있었다. 금의상단의 부가 어느 정도인지 알 수 있었다.

주서천은 이군 소속 무사 백 명을 앞에 두고 다짜고짜 덤벼들었다. 치명상은 입히지 않도록 조심했다.

"케엑!"

검을 쓰되 날로 공격하지는 않았다. 주로 칼등으로 후려쳐서 정신을 잃게 만들었다.

무사들은 처음 이게 웬 난리인가 하고 싶다가, 주서천이 싸움을 건 것을 인식하면서 반격에 나섰다.

그리고 그다음에 펼쳐진 건 일방적인 폭력이었다.

"끄아아악!"

"아악!"

이군 소속 무사들은 지천에 널린 낭인들보다는 낫다. 하지만 어디까지나 조금 낫다는 수준이었다.

정말로 대단해 봤자 일류이고, 대다수가 삼류나 이류다. 아무리 백 명이라고 할지라도 거의 무한한 내공을 소유한 화경의 고수에게는 식후 운동 정도밖에 안됐다.

무사들도 처음에는 주서천이 미쳤나 하고 싶어서, 혼쭐을 내주려 했지만 그 생각이 곧바로 뒤집혔다.

맞지 않기 위해, 그리고 살기 위해서 주서천을 제압하려고 총력전을 기울였다.

하지만 다들 어떻게 하지 못하고 결국 바닥과 입맞춤해야 했다.

"끄으윽……."

"아이고, 허리야!"

"팔이 부러졌어……."

반 시진도 되지 않아 무사들이 지면에 누워 신음 소리를 흘렸다.

미리 대기하고 있던 의원조차 경악을 금치 못하다가 자신이 이곳에 돈 받고 일하러 왔다는 걸 떠올리고는 급히 움직였다.

주서천은 치료를 받는 무사들을 훑어보면서 입을 열었다.

"앞으로 오늘처럼 실전 방식의 비무로 수련한다. 검이이가 나가거나, 부러져도 상단에서 지원할 예정이니 걱정 마라. 약재도 마찬가지다. 그러니 너희는 마음 놓고 실전으로 싸워라. 알았지?"

"이 빌어먹을 애송이가!"

비교적 멀쩡한 일류 무사 한 명이 불같이 화를 내면서 달려들었다.

"그래. 이런 기세로."

주서천이 좌로 일 보 걸어 가볍게 회피했다. 그리고 스쳐 지나간 무사의 등허리를 발로 차 버렸다.

"꾸엑!"

무사가 앞으로 고꾸라지면서 지면에 처박혔다.

치료를 받고 있던 무사들이 그걸 보고 기겁했다. 그들의 얼굴에서 그제야 공포감이 묻어났다.

이후, 주서천은 이군의 교두가 됐다.

몇몇 무사들은 혹시 속가제자에게 주어지는 화산파의 무공을 가르쳐 주는 것이 아니냐며 기대했다.

어림도 없다. 애초에 주서천은 그런 권한도 없다.

"교두라고 해도 무공을 가르쳐 주는 건 아니다. 보아하니 기초 같은 것이 엉망으로 잡혀 있군. 그걸 고쳐 주마."

이럴 때는 화산파의 악명이 자자한 혹독한 수련 방식이 도움이 됐다. 과거를 연상하며 이군을 훈련시켰다.

새벽 즈음에 일어나서 명상을 통해 내공심법을 수련하고, 그게 끝나면 내공 사용 없이 뛰게 한다.

점심때가 되면 단체로 검을 휘두르게 했다. 자세가 엉망인 자를 찾아내 강제로 교정시켰다.

꽤나 강압적인 태도이고, 폭력도 사용해서 도중에 불만인 자가 여럿 나왔다.

"이 망할 자식!"

"그 힘으로 수련을 해라."

물론 그럴 때마다 폭력으로 굴복시켰다. 좀 더 좋은 방법도 있겠지만, 그럴 정도의 의리는 없다.

애초에 인원이 인원인지라 하나하나 신경 써 줄 여유가 없었다. 적당히 괴롭히면서 훈련시켰다.

고민할 필요도 없었고, 마음고생도 안 하니 좋았다.

"대단하십니다, 대협!"

이의채가 무럭무럭 자라는 이군의 전력을 보고 좋아했다. 무림에서 힘이란 건 곧 돈과 같다.

전력이 강해지면 여러 이익이 생긴다. 그 이익을 생각하니 웃을 수밖에 없었다.

주서천은 그런 이의채의 아부를 적당히 흘려들으면서 대화를 나눴다.

"그동안 삼군에서 이군이나 일군에 들어갈 수 있는 인재를 걸러 주십시오."

"명대로 하겠습니다. 적합하지 않은 자는 어떻게 하면 되겠습니까?"

"적당히 대가만 쥐여 주십시오. 사람 대하는 건 상단주가 더 잘하시니 맡기겠습니다."

"그 외에 필요한 건 또 없습니까?"

"여기서 이백 명 정도 증원할 예정입니다. 제가 말하는 조건에 맞는 아이들을 구해 오십시오."

하나, 신체에 별다른 문제가 없는 아홉에서 열 살 정도의 아이여야 한다. 영양이 부족하거나 배를 굶는 건 상관없다. 팔다리가 붙어 있고 눈이 보이면 그만이다. 불치병도 없어야 한다.

"그리고 가정 사정이 좋지 않은 아이들을 데려오십시오.

고아인 편이 더 좋습니다."

"과연. 별개의 친위대를 양성할 생각이십니까?"

가정 사정이 좋지 않거나, 혹은 버림받은 고아 등은 오갈
곳이 없어서 하루하루를 걱정하며 보내고 있다.

그 절망과 굶주림은 상상 이상의 고통이다.

그리고 그 고통을 벗어나게 해 준다면, 상대가 누구건 간
에 대부분은 평생의 충성을 맹세한다.

의식주를 해결해 줄 뿐만 아니라 살아가는 법, 예를 들어
무공을 가르쳐 준다면 그야말로 금상첨화였다.

"이 정도 인원이면 차라리 개파(開派)하여 따로 관리하는
편이 나을 것 같습니다. 건물도 새로 짓고 연무장이나 그
외의 환경도 조성해 주는 편이 더 효율적이라 생각합니다
만…… 어찌 생각하십니까?"

"저도 그편이 낫다고 생각합니다. 상단주 마음대로 하십
시오."

주서천이 예상했다는 듯이 웃었다.

"하오면, 개파조사로는 대협께서……?"

이의채가 슬그머니 눈치를 보며 물었다.

"금의상단과 은근슬쩍 엮으려도 소용없습니다."

문파라고는 해도, 상단 소속 무사들을 관리하기 위해서
이니 따지고 보면 금의상단의 예하 문파가 된다.

그곳의 문주가 된다는 건 곧 금의상단과 떼려야 뗄 수 없는 관계가 된다는 걸 의미했다.

화산파의 속가제자라면 모를까, 적전제자가 가능할 리가 없었다.

"아이고, 대협! 정말 죄송합니다! 이 소상, 머리가 우둔하여 그만 실수를 했습니다! 자고로 문주란 건 대협 같은 분이 하시는 게 당연하다고 생각해서 그만······!"

"낯짝이 대체 얼마나 두꺼우신 겁니까? 인피면구라도 착용했는지 의심이 갈 정도입니다."

이의채는 그런 걸 헷갈릴 자가 아니다.

겉으로는 바보처럼 행동해도 중원 전체에서 그보다 머리가 돌아가는 자를 찾기는 힘들다.

방금 전 욕심 어린 발언을 자기가 멍청해서 실수했다는 듯이 스스로 낮춰서 변명하고 있다.

"문주 자리는 비워 두십시오. 알맞은 인재를 데려와서 앉혀 두겠습니다."

주서천이 자리에서 일어났다.

"작명은 어찌하시겠습니까?"

"상단 예하 문파라면 곧 상단주가 주인이시지 않습니까. 상단주 마음 가는 대로 하시면 됩니다."

"흠, 한번 고민해 보도록 하지요."

이의채가 푸짐한 턱 살을 매만졌다.

'상단주. 그대가 어떤 이름을 지을지는 잘 알고 있소.'

주서천이 입 밖으로 나오려던 웃음을 참았다.

금의상단 예하에 문파가 나오는 건 처음이 아니다.

정확히 말해서는 미래에 일어날 일이다.

이의채는 표국이나 호위뿐만 아니라 재산을 지키기 위해서 자체적인 전력을 형성했던 적이 있었다.

아이들을 데려와서 친위대로 양성시켰던 것도 실은 이의채가 미래에 행동했던 일이다.

자신은 그걸 좀 더 빠르게 진행시킬 수 있도록 대신 알려줬던 것뿐이었다.

'돈에 뜻을 두고, 검을 들다.'

금의검문(金意劍門)!

상왕이 말하길, 돈이 곧 힘이라 했다. 그 말대로 돈을 부려 독자적인 세력을 형성했다.

처음에는 그저 무인들을 고용했다. 둘째는 신뢰할 수 있는 자들을 모아서 문파의 간부로 넣었다.

셋째는 중요한 문파의 독문무공이었다. 아니, 독문무공이라 칭하기도 힘들었다.

돈을 뿌려서 어디에선가 구입하든가, 혹은 찾아내서 가져와 사용했다. 그야말로 돈으로 된 문파였다.

다만 돈으로 무인의 영혼을 부리고, 무공조차 산다는 것에 정파와 사파에게 모멸 어린 시선을 받았다.

평이 그다지 좋지 않긴 했지만 그래도 이의채의 방법 덕에 금의검문은 구파일방이나 오대세가는 아니어도 오악검파에 견주는 정도로 성장했다.

"……음! 검문! 금의검문으로 하지요!"

第六章

음사음생(飮死飮生)

옛말에 적의 송곳니를 뽑고 싸우라는 말이 있다.

전쟁을 잘하는 자는 먼저 적이 승리할 수 없도록 만들고, 적으로부터 승리할 수 있기를 기다린다고 하였다. 곧 적이 승리하지 못하는 것은 자신에게 달려 있으며 내가 승리할 수 있는 것은 적에게 달려 있다는 의미이다.

"우선 송곳니, 아니 오른팔부터 잘라 볼까."

주서천은 산동을 떠났다. 그 목적지는 사천이었다.

손자가 말했던 것처럼, 그동안 암천회가 이길 수 없도록 전력을 줄이거나 없앴다.

그리고 앞으로 해야 할 일은 그 연장선이었다.

'개양(開陽), 검마!'

암천회주 산하에는 여덟 기관이 있다. 도감부와 칠성사다. 그리고 그들의 서열은 서로 엇비슷했다.

다만 이 여덟 명 중에서도 강호 무림에서 특히 이름이 알려진 자가 있었는데, 그게 바로 검마이다.

검마는 칠성사 중에서도 무공만으로 최고에 꼽혔다. 암천회주 다음으로 강한 자가 바로 검마다.

암천회가 모습을 드러낸 이후 상천십좌 중 일좌가 정면 승부로 당했고, 그 자리를 검마가 차지했다.

그 검마를 암천회주에게서 떨어뜨려야만 했다.

사천, 당가.

중천에 뜬 태양이 대지를 뜨겁게 달궜다. 선선하게 불던 바람조차 뜨겁다. 그 열기는 사람에게 옮겨졌다.

"주서천."

눈앞에 가시, 아니 독을 품은 여인이 있었다.

"오랜만이오, 당 소저."

주서천이 눈을 게슴츠레 뜨고 손 안에 쥐어진 차를 내려다봤다. 차치고는 색깔이 거무튀튀하다.

"이건……."

주서천이 킁킁, 하고 차 향을 맡아 봤다.

"독 차."

당혜가 아무렇지 않게 답했다.

"장단독(腸斷毒)을 넣어 둬서, 마시면 창자가 끊어지는 고통을 맛보게 될 거란다. 마셔 봐."

살며시 웃는 얼굴이 또 무섭다.

성격이 그냥 더러운 게 아니다.

"성대하게 환영해 줘서 고맙다. 이건 전의 일에 대한 복수인가?"

"그럴 리가. 인사한 거야."

"사천당가에서 인사로 독이 든 차를 내주는 건 난생처음으로 듣는데?"

"당신이 아는 것만이 전부라고 생각하는 거라면, 그건 굉장한 오만이야. 세상에는 당신이 모르는 것이 모래알처럼 많다는 걸 명심하도록 해."

"응, 아니야."

그 누구도, 어떠한 단체도 접객실에서 독 차를 내주고 어떠한 독이 포함되어 있는지 설명하지는 않는다.

"그나저나, 산동에서 사천까지는 무슨 일?"

"……호오."

주서천이 작게 감탄했다. 그 눈에는 자신이 어떻게 산동에서 온 것인지 묻는 눈초리가 담겨 있었다.

그러자 당혜는 긴 소매로 입가를 가리고는 눈을 초승달처럼 휘면서 의미심장한 미소를 지었다.

"반년 동안 당신의 모든 행적을 좇은 건 아니지만, 대강은 알고 있어. 제갈세가의 그 괴인을 데리고 산동까지 가서 금의상단에서 머무르고 있다지?"

지금까지의 행적을 딱히 숨긴 적은 없다.

눈치를 보아하니 서역의 일은 모르는 것 같은데, 아무리 사천당가의 정보력이라 하여도 중원 바깥의 일까지 조사하기는 힘들 것이다. 그게 서역의 변방인 대설산이면 더더욱 그렇다.

"그동안 날……."

"설마하니 주서천, 당신에게 관심이 있어서 그동안 조사했다고 착각하는 건 아니겠지? 만약 그런 거라면 당장 장강에 몸을 던져 목숨을 끊는 게 좋을 거야. 왜냐하면 그건 매우 불쾌한 착각이거든."

"뭔 말을 못 하겠군. 성격 참 안 좋네."

주서천이 당혜의 성격에 기가 막혀 했다. 도저히 정상으로 볼 수 없는 성질머리였다.

"……."

당혜의 눈이 가늘어졌다. 그 안에 눈동자에서 살의가 용암처럼 들끓었다.

당장이라도 일어나서 살초를 날릴 기세였다.

"노려보지는 마. 이래 봬도 설욕전을 할 기회를 주려 온 거니까."

"누가 누구에게 기회를 준다는 건지 모르겠지만…… 설욕전?"

"그래. 내기다."

당혜의 눈썹이 움찔하고 떨었다.

'주서천!'

당혜가 분노로 활활 타올랐다. 가슴 깊숙한 곳에 새겨진 치욕이 벌어지면서 복수심을 불러들였다.

그때의 일을 어떻게 잊겠는가!

요 반년 동안 결코 잊은 적이 없다. 가끔 생각이 나면 그 날은 밤잠을 이룰 수가 없었다.

하루아침에 독봉의 이름이 떨어졌다. 한 번의 패배는 수많은 벌레들을 불러들였다. 그로 인해 귀찮아진 것이 한두 가지가 아니었다.

"전에 봤던 명검."

주서천이 탁자 위에 예한을 올려 뒀다.

"그리고……."

곧장 전표(錢票)가 올라왔다.

"금으로 천 냥……."

당혜도 동요하지 않을 수 없었다. 아무리 오대세가인 당가라도 금자 천 냥은 결코 적지 않다.

무엇보다 한눈에 봐도 범상치 않은 명검까지 있다.

"……뭘 원해?"

"독봉……."

파바밧!

말이 끝나기 무섭게 당혜의 소맷자락이 부풀어 오르면서 비수가 튀어나왔다. 칼날의 색이 검다.

주서천은 기다렸다는 듯이 고개를 옆으로 틀었다. 비수가 아슬아슬하게 지나가며 등 뒤의 벽에 꽂혔다.

"……의 독공이다."

"지식?"

"그래. 그것도 해독(解毒)."

"제대로 찾아왔네."

당혜가 자리에서 일어나 소매로 입가를 가렸다. 입꼬리가 살짝 올라간 것을 언뜻 볼 수 있었다.

"어떤 것으로 승부할지는 마음대로 고르도록 해."

"도발에 걸릴 거라고 생각했다면 크나큰 착각이야. 설마하니 욱해서 당신에게 먼저 결정하라고 말하리라 예상하는 머저리는 아닐 거라고 믿을게."

"아무렇지 않게 심한 소리를 하는군!"

       *   *   *

"대낮부터 소란이더구나."

당가의 가주, 당유기(唐有奇)가 굽힌 허리를 약간 폈다. 그래도 작은 편이라 커 보이지는 않았다.

그 얼굴은 몇 날 며칠을 자지 못한 듯 초췌했고, 눈 밑에는 검은 기미가 꼈다. 얼굴에는 주름이 가득하다.

체구가 전체적으로 왜소한 편이었다.

노인으로 보이는 것 같지만 실은 중년이다.

무림인치곤 드문 현상이다. 보통 무인은 늘어나는 내공 덕에 노화가 느리다. 고수들은 더더욱 그렇다.

"주서천이 와 있습니다, 가주."

"과연."

당유기가 수긍이 가는 듯 고개를 끄덕였다.

"마음에 안 드신다면 쫓아내도록 하겠습니다."

"아니, 됐다. 어차피 곧 있으면 못 누릴 여흥이지 않느냐. 원하는 게 있다면 들어주도록 해라."

"그리하도록 하겠습니다. 가주, 또 말씀을 드릴 것이 있습니다만……."

"무엇인가?"

"혜 아가씨께서 주점(酒店)의 개점(開店)을 요청했습니다."

가신이 당유기의 눈치를 봤다.

"송장이라도 치울 생각인가……."

당유기가 이맛살을 찌푸렸다.

"주서천은 어떠한 내기에도 응한다고 했는가?"

"예."

"그렇다면 절차에 맞게 서약서를 받아 내고, 증인들을 확보한 뒤에 진행하게나."

"그리하도록 하겠습니다."

당가에서 주서천은 나름대로 잘 알려져 있었다.

그도 그럴 것이, 무패의 신화를 알리던 독봉에게 패배를 안겨 준 장본인이었기 때문이었다. 무엇보다 더더욱 놀라운 건 이기고도 혼인을 요구하지 않은 것이었다.

"안녕하십니까, 소협. 소협의 시중을 들 청청(淸淸)이라고 하옵니다."

방문을 열자 과년(瓜年: 16세)의 하녀가 인사했다.

"잘 부탁한다."

"일단 차 한 잔 드시지요."

청청이 능숙한 손놀림으로 차를 따라 건네줬다.

주서천이 차를 물끄러미 내려다보면서 물었다.

"그래. 넌 차에 어떤 독을 탄 거니?"

"도, 독이라니요! 제, 제가 어찌 감히……!"

청청의 낯빛이 이름처럼 새파랗게 질렸다.

사천당가의 손님, 그것도 화산파 출신에게 하녀가 독 차를 내주었다간 단순한 문책으로 안 끝난다.

"그렇지?"

대체 누가 손님에게 독 차를 건네는가.

"그나저나, 벌써 나흘이 지났는데……."

"아, 네에. 그렇지 않아도 오늘 손님께 안내해 드리려고 온 참이었습니다. 당가의 주점이 열리는 것은 상당히 오랜만인지라 준비에 시일이 걸렸습니다."

"당가의 주점?"

"가 보면 알게 될 터이니 따라만 오시오."

뒤편에 서 있던 당가의 무사가 대신 답했다. 다만 쳐다보는 눈초리가 결코 좋지만은 않았다.

'네놈이 아가씨께 무슨 수로 이긴지는 모르겠지만, 그때처럼 쉽게 넘어가지는 않을 것이다!'

사람에게 미(美)라는 건 가끔 어떠한 성질을 갖고 있건 간에 무시할 수 있는 힘이 되기도 한다.

당혜만 봐도 알아볼 수 있듯이, 입이 좀 험한 편임에도 그녀를 따르고 찬양하는 이들이 수두룩했다.

세가, 아니 사천을 넘어 중원 전역을 아우르는 그 미색에 함락된 사람은 한둘이 아니었다.

그 탓인지 주서천은 당혜의 관심을 독차지했다는 이유만으로 수많은 질투를 받아야만 했다.

"날 쳐다보는 눈초리가 따갑군. 이것이 영웅을 향한 선망 어린 시선이라는 건가…….."

아니다.

"좋아, 가자. 청청아. 안내해 줘라. 저 무사에게 안내를 받으면 독침 맞을 것 같아서 싫구나."

"네 이놈! 당가의 무사를 어찌 취급하고!"

무사가 금세 붉으락푸르락해졌다. 지금 당장이라도 달려들 듯한 사나운 기세가 폭풍우처럼 몰아쳤다.

주서천은 벌벌 떠는 청청의 어깨를 가벼이 두들겼다. 그러자 거짓말처럼 그 떨림이 멈추었다.

"어라……?"

"자, 얼른 안내해 주거라. 늦는다면 네 성질 나쁜 주인이 네가 밥 먹는 사이에 독을 탈지도 모르니."

"네 이놈! 어디까지 아가씨를 모욕할 셈이냐!"

탓!

무사가 화를 참지 못하고 몸을 날리려 했다.

"그만."

하나 그 순간, 소름 끼칠 정도로의 섬뜩한 목소리가 고막을 파고들어 몸 전체를 마비시켰다.

'허억!'

용암처럼 들끓던 분노는 차갑게 가라앉은 것을 넘어서 눈 씻고 찾아봐도 없었다.

그 대신 마른 사막처럼 삭막한 공기가 자리 잡았고, 육신의 신경 전부를 빼앗은 공포가 감돌았다.

"네 충성심을 이해 못 하는 건 아니지만, 가주님께서도 기다리신다."

"자, 장로님! 죄, 죄송합니다!"

당가의 무사가 부복하여 사죄했다.

"……."

장로라 불린 노인은 주서천을 아래위로 훑어봤다.

'방금 전 무사가 방출한 기세를 아무렇지 않게 받아 냈을 뿐만 아니라 하녀에게 쏠린 것 역시 차단했다.'

주름 가득한 눈이 가늘어졌다.

'그런 세심한 조절은 쉽지 않아. 과연, 아가씨를 이긴 것이 단순히 요령만은 아니라는 것인가.'

실제로 보니 세간의 평이 과소 평가된 듯했다.

장로는 시선을 다시 돌려 청청을 바라봤다.

"난 먼저 갈 테니 그를 안내하여라."

"네, 네. 알겠습니다!"

청청이 황급히 머리를 숙였다.

장로는 볼일 다 봤다는 듯, 휙 하고 등을 돌리고 뒷짐 쥔 채 앞으로 걸었다.

"소협, 함께 가시지요. 안내해 드리겠습니다."

"그러지."

방금 전 당가의 무사가 죽일 듯이 노려봤지만 무시하고 청청과 함께 걸었다.

전에 방문했을 때도 느꼈지만, 무림 명가의 하녀라서 그런지 소녀임에도 발걸음이 범상치 않았다.

무인의 것은 아니었지만, 그래도 절도 있게 딱딱 맞춘 느낌이다.

"당가의 주점이라…… 그게 뭐였더라……."

떠올릴 듯 말 듯해 괜히 신경 쓰였다. 뇌를 간질간질거리는 감각이 거슬렸다.

"아, 소협께서만 괜찮다면 소녀가 설명해 드릴 수 있습니다만……."

함께 걷던 청청이 중얼거림을 듣고 반응했다.

"어차피 알게 되겠지만…… 그래도 미리 들어도 나쁠 건 없지. 부탁하마."

"세가 내부에 있는 주점입니다만, 평시에는 폐점되어 있습니다. 이 주점이 개점하는 경우는 오로지 두 가지 경우밖에 없는데, 하나가 귀빈을 맞이할 때이고……"

"그리고?"

"복수할 때입니다."

"그게 무슨 소……"

주서천의 그다음 말은 묻혔다.

멀리서부터 들려오는 함성 소리에.

"음사(飮死)!"

마시고 죽거나!

"음생(飮生)!"

마시고 살거나!

그곳은 주점이라고 부르기에는 너무나도 기이한 곳이었다. 오히려 비무장이라고 하는 게 올바르다.

사천당가의 이름 넉 자가 새겨진 육중한 문이 열리면 그 안으로는 비무대처럼 대리석으로 된 바닥이 보였다.

사방위로는 사천당가의 무사로 보이는 자가 서 있었고 그 뒤로는 술병이 전시된 탁자가 놓여 있었다.

무엇보다 더더욱 기이한 건, 마치 관중석처럼 삼 장 바깥으로 의자들이 배치되어 있는 것이었다.

"이게 도대체 뭔……."

천하의 주서천도 당혹스러운 감정을 숨기지 못했다가, 이윽고 벼락이라도 맞은 듯한 표정을 지었다.

'당가의 주점! 이제야 생각났다!'

사천당가에 대대로 전해져 내려오는 말 중, 강호에도 알려진 것이 있다.

원수포말추(怨讎逋末追).
원수가 도망친다면, 끝까지 쫓아라.
혹실척수이(或失戚囚餌).
혹 놓친다면 그 친척을 인질로 미끼 삼고.
수무생제유(囚無生際誘).
인질이 마땅치 않다면, 살 기회로 꾀어내라.
당가지수 불구대천(唐家之讎 不俱戴天).
당가의 원수와는 하늘을 같이 이고 있을 수 없다.

"내기는 간단해."

주점의 정중앙, 당혜가 말했다.

"마시고 죽거나."

길고 가느다란 손가락에 술병이 들려 있었다.

"아니면 살거나."

북풍한설보다 차가운 목소리가 주점 안을 가득 채운다.

"와아아아아!"

"독봉! 독봉! 독봉!"

"마셔라! 마셔라! 마셔라! 마셔라!"

"술이 들어간다!"

당가의 주점은 수무생제유을 통해 만들어졌다.

술을 마셔서 산다면 원한을 청산한다.

하지만 그렇지 못할 경우 죽는다.

실로 간단하고 탁월한 복수 방법이었다.

참고로 원수가 아니라 귀빈일 경우에는 좀 더 안쪽에 준비된 주점으로 안내받는다. 이런 요란한 소란도 없다.

"승낙한다면 그곳에 서명하도록 해."

당혜가 문 바로 앞 탁자를 가리켰다. 그 위에 종이와 먹이 준비되어 있었는데, 확인해 보니 술을 마신 뒤로는 내상을 입건 심지어 사망하건 간에 사천당가에 책임을 묻지 않는다는 사항이 있었다.

"……허어."

서약서에 표기된 항목을 읽어 내리던 도중 어떠한 항목이 눈을 사로잡았다. 사실상 이게 제일 중요하다.

"독주(毒酒)라고?"

무림인은 술을 마셔도 내공으로 취기를 없앨 수 있다. 원수를 그리 쉽게 용서할 리는 없으니, 처음에는 내공으로 주독(酒毒)을 해독하지 않고 마시는 것이 조건인 줄 알았는데 추측과는 전혀 달랐다.

"그래서 마셔서 죽거나, 살거나인가……."

"그래."

당혜가 주서천의 중얼거림을 듣고 곧장 답했다.

"그러나 당신은 세가의 원수는 아니니 죽을 일은 없을 거야."

당혜는 몹시 아쉬워하는 표정으로 말을 이었다.

"당신에게 문제가 생긴다면 주량전이 즉시 정지되며, 독공의 대가이신 가주님이나 장로님이 나서서 해독해 주셔. 서약서에도 표기했으니 확인해 봐."

"과연."

"그렇다고 방심하지 않는 게 좋을 거야. 스스로 해독하지 않으려 하면 해독하려고 나서기도 전에 죽을 테니까."

"알았다. 받아들이지."

주서천이 고민하지 않고 서명했다.

"멍청한 놈!"

"아가씨께서 제조한 술을 뭘로 보고!"

"쯧쯧쯧! 목숨 아까운 줄 모르는구먼!"

관중들은 주서천이 일말의 망설임도 없이 서명하는 걸

보고 혀를 차며 불쌍히 여기거나 비웃었다.

독봉이란 별호는 결코 아름다움으로 따낸 것이 아니다. 오로지 이십 대 최강의 무인에게만 주어진다.

"배짱이 큰 건지, 아니면 어리석은 건지…… 흘흘."

장로, 당염(唐廉)이 의미 모를 웃음소리를 흘렸다.

"누가 봐도 첫 잔에 고꾸라질 것 같은데 내가 굳이 여기에 있을 필요가 있소?"

그 옆자리, 당유기가 탐탁지 않은 듯 물었다.

세가 제일의 고수는 가주, 당유기다.

그만큼 어떠한 독이건 간에 누구보다 빠르고 효과 있게 해독할 수 있어 만약을 위해 참석했다.

하나 그가 나설 정도면 석 잔부터다. 한 잔에서 두 잔 정도면 장로들 수준에서도 해독할 수 있다.

"사람 일 모른다고 하지 않습니까. 어차피 긴 시간이 걸리는 것도 아니니 지켜보시지요. 어쩌면 예상외의 일이 벌어질지도 모르는 일입니다."

"뭐, 장로께서 그리 말하신다면……."

당유기가 별수 없다는 듯이 뒷말을 삼키면서 자리에서 일어났다. 말과 달리 여전히 불만으로 가득하다.

시끄럽게 떠들던 관중석은 가주가 일어나자 마치 약속이라도 한 듯 동시에 고요해졌다.

"이 시간부로 장본인들과 몇몇 허락된 인원을 제외하고 이동을 금한다."

당유기가 계속해서 말을 이었다.

"규칙은 화산파의 주서천이 독봉, 당혜가 제조한 술을 총 석 잔 마셔, 한 잔마다 알아들을 수 있는 말을 제창해야 한다. 만약 말을 하지 못하거나, 얼굴색이 변했다가 일정 시간 내에 돌아오지 않을 경우 해독이 불가능한 것으로 보고 패배로 간주한다."

'저 노인이 독왕(毒王), 당유기인가.'

천하백대고수, 독왕 당유기!

백대고수 내에서도 중상위권에 속한다는 것 말고는 잘 모른다. 전생에서도 그렇게 눈에 띄지는 않았다.

전란의 시대에서도 전면에 나서지는 않았고 세가 내에서 바깥을 지휘하며 지내다가 자연사했던 것으로 기억한다.

'그런데 저렇게 늙었던가?'

다만 의아한 것이 연령대였다.

'장남도 삼십이 안 되는 걸로 알고 있는데……'

분명 오십 대 중반에서 육십 대 초반으로 기억한다.

게다가 무림인이 노화가 늦는 걸 감안하면 이상했다. 정보가 잘못되었는가 싶어 고개를 갸웃거렸다.

"술을 석 잔 마실 경우 서로 간의 요청을 협조하에 받아

들여야 한다. 증인은 이 자리에 있는 모두가 될 것이고, 서약서가 증거로 남을 것이다. 증거는 향후 조작을 방지하기 위해 지금 이 자리에서 각자 원하는 장소로 보낸다."

사천당가의 주점은 상당히 체계화되어 있다. 원수를 안심하게 만들고 불러들이기 위해서였다.

주서천의 서약서는 산동의 금의상단으로 전서응을 통해 보내졌다. 당혜의 서약서는 세가에 남는다.

"그럼, 독봉 당혜는 준비된 술을 내라."

"알겠습니다."

당혜가 기다렸다는 듯이 자리에서 일어난다. 마치 이 복수를 위해 삼십 년 동안 준비했다는 듯한 기세였다.

그녀는 등을 돌려 탁자 위에 놓인 술병을 골랐다.

오늘을 위해 미리 제조해 두었기에 주저함은 없었다. 첫 잔부터 막 잔까지 무엇을 할지 결정해 뒀다.

그 외에 술잔이나 나무통들은 혹시 모를 변심을 위해 준비한 것일 뿐이었다.

당혜는 며칠 전부터 준비한 술병을 집고 원래 자리로 되돌아와 앉았다.

"주서천. 술은 좋아해?"

당혜가 입술을 침으로 적시며 웃는다. 그 모습 자체가 워낙 매혹적이었는지라 관중들이 침을 삼켰다.

가시, 아니 독을 품었으나 넘어가지 않을 수 없는 미색이
다.

벼랑 위에 있는 꽃일수록 눈에 띈다고 하였는가.

여태껏 누구도 넘보지 못하고, 중독될 것이 두려워 다가
가지 못한 꽃은 그 무엇보다 아름답게 빛나고 있었다.

가늘게 뜬 눈매 사이로 보이는 그 눈동자를 보면 자신도
모르게 빠져들 것만 같다.

"지금 도사보고 술을 좋아하냐고 묻는 건가?"

주서천이 기가 차다는 듯이 웃었다.

화산파에서 금주(禁酒)는 없다. 하지만 과주(過酒)는 금하
고 있다. 사고만 치지 않으면 된다는 의미다.

"그래야 조금이라도 참을 수 있으니까."

당혜의 입가에 맺힌 미소가 위험해 보였다.

"당신이 최대한 버틸 수 있도록, 나름대로 이름나고 좋
은 술을 준비했어. 술을 좋아한다면 아까워서 뱉거나 토하
지 않을 거야. 그러면 좋겠네."

확실히 애주가라면 독이 섞여 있을지라도 마실지 모른
다. 당혜는 그런 일을 상정했다.

"허, 참."

주서천이 혀를 찼다.

처음 사람을 죽였을 때, 도저히 잊을 수 없어 한동안 술

을 달고 살았던 적이 있었다.

이후로도 전란의 시대를 살아가며 술을 자주 입에 달고 산 적이 있었다. 다만 그때는 싸구려거나 거기에서 조금 벗어난 정도 수준에 불과했다.

명주라 불릴 만큼의 술은 마셔 본 적 없다.

"뭐, 그래 봤자……."

당혜가 말꼬리를 흐리면서 술병의 입구를 연다.

"호오!"

열자마자 관중 중 몇몇이 탄성을 내지른다. 다들 냄새만 맡았는데도 어떤 술인지 알아챈 눈치였다.

쪼르륵.

독을 품은 봉황이 술병을 기울이자, 투명한 술이 떨어져 내리며 빈 잔을 딱 알맞게 채웠다.

살짝 떨어진 곳에 앉아 있는데도 짙은 향이 맡아졌다. 바람이 없는데도 관중들에게까지 퍼졌다.

"십오 년 정도 묵혀 둔 오량주(五糧酒)를 맛보는 건 흔치 않은 기회이니 감사하도록 해."

오량주라 하면 사천성의 명주로 알려진 백주(白酒)다. 주서천도 주워들은 적 있었다.

거기에 십오 년이라 하였으니, 일단 쉽게 구할 수 있는 수준은 아니다. 가격으로 환산하면 꽤 된다.

"다만, 이 오량주는 금선사(金線蛇)의 독을 혼합해 두어서 그 맛이 조금은 화끈할지도 모르겠네."

"금선사!"

술에 집중하고 있던 관중들이 대경했다.

"과연, 독봉!"

"금선사의 독을 아무렇지 않게 다루다니……."

"괜히 오룡삼봉이 아니로군."

"혜 아가씨의 독공이 소가주와 견주어도 전혀 지지 않는다고 하더니만, 그게 진짜였구나."

"아가씨께서 여자가 아니라 남자로 태어났다면……."

금선사는 이름 그대로 몸통에 금선이 그어진 독사로, 중원이 아닌 남만의 밀림에서 서식한다.

그 맹독이 중원의 독사들과는 비교도 못 할 정도로 대단하여 사천당가의 독인들도 다루기 힘들어한다.

"아가씨께서 봐주실 생각이 없으신 모양이야."

"석 잔? 한 잔에 끝나겠군."

"실로 오랜만에 열린 당가의 주점이거늘, 이리도 허무하게 끝난다니!"

관중 모두 끝났다는 분위기였다. 몇몇은 실망하거나 아쉬워했다.

주변의 주목을 독차지하면서 당혜에게 술잔을 건네받았

다. 내려다보니 금색이 옅게 감도는 백주였다.

숨을 들이쉬지 않아도 진한 향이 코를 찌른다. 술에 대하여 문외한일지라도 귀한 술이라 알 정도였다.

"시간에 제한이 있는 건 아니지만, 나중에 마신다고 독이 약해지는 건 아니니까……."

"그래도 이런 좋은 술을 내주다니, 그렇게까지 성질이 뒤틀려 있지는 않군. 다행이야."

주서천이 당혜의 말을 도중에 끊고 술을 단숨에 들이켰다. 술이 목을 타고 부드럽게 넘어간다.

꿀꺽!

"좀 맵네!"

주서천이 술잔을 비웠다는 걸 증명하듯, 빈 잔을 머리에 턴다. 술 한 방울도 떨어지지 않았다.

"……."

방금 전까지 시끌벅적했던 관중은 없었다. 소란 대신에 침묵으로 가득했다. 하나같이 제 눈을 의심했다.

장로 당엽에게 나가 보라고 명하려던 당유기도 놀란 듯 눈을 동그랗게 떴다.

'마시자마자 입을 열어?'

술과 섞었다고 독이 순화하는 건 아니다. 금선사 독을 스스로 마신 행동과 같다.

웬만한 독인도 해독하려면 입을 다물고 최소 반 각은 되어야 한다. 그만큼의 극독이다.

한데 그걸 처마시고는 곧장 말했다.

이게 말처럼 쉬운 게 아니다.

극독을 해독하려면 고도의 집중과 내공의 운용이 필요하거늘, 자칫 잘못했다간 주화입마뿐만 아니라 독의 해독에 영구히 실패하여 최악으로 치닫는다.

"두 잔째는 아직인가?"

좌중의 모든 사람이 충격에 빠져 말을 잇지 못할 때, 그 침묵과 고요를 먼저 깬 건 주서천이었다.

"주서처어어언……!"

쨍그랑!

당혜가 손아귀에 힘을 주자, 술병이 산산조각 났다.

第七章
화산봉추(華山鳳墜)

또. 또다.

되도록 버티기를 바랐다.

하지만 이런 걸 기대한 건 아니었다.

입 안에 머금다가, 어쩔 수 없다는 듯이 삼키고 곧바로 해독을 하려는 다급한 표정을 보고 싶었다.

그래야 그 치욕을 되갚아 줄 수 있을 거라 생각했는데!

"검남춘(劍南春)!"

분노로 가득 찬 목소리가 뾰족하게 울려 퍼진다.

대기하고 있던 무사가 깜짝 놀란다. 그는 배치된 술병을 들고 당혜를 위해서 한걸음에 달려왔다.

"사천성이 자랑하는 이대백주를 전부 대접받다니! 좋구만!"

주서천이 '하하' 웃으면서 좋아했다.

이대백주라 하면 오량주와 검남춘을 말한다.

"그 잘난 웃음을 언제까지 짓나 볼까⋯⋯!"

당혜가 눈을 무섭게 떴다. 목소리에선 살의까지 느껴진다.

고수, 그것도 정도의 무인일 경우 보통 분노가 치밀어 오르면 심법을 통해 금세 안정을 찾는다.

당혜 정도 되면 그건 어렵지 않다. 하지만 지금 그러지 않는다는 건 그만큼 화가 올라 참을 수 없다는 의미였다.

술병의 입구를 열고, 빈 잔에 술을 채운다. 이성을 잃은 듯해도 그 손놀림은 조심스럽고 정확했다.

아무리 화가 났다 해도 두 잔 때부터는 더더욱 실수를 용납할 수 없었다. 그녀 자신도 위험했다.

"흐음."

주서천이 당혜가 건네준 술잔을 받았다.

'어쩌지⋯⋯.'

두 잔째부터 고민되는 게 있었다.

'정말 아무렇지 않은데 어쩌지⋯⋯.'

엿 바꿔 먹은 게 아닌 걸 증명하는 천독불침!

괜히 영약의 기를 과소비한 게 아니다.

그만큼의 가치가 있는 선택이었다. 천독불침 덕에 금선사건 뭐건 간에 전혀 통하지가 않는다.

해독을 할 필요도 없었다. 몸 안에 들어온 독은 정말 우습게도 내기로 전환되어 단전으로 고스란히 저장됐다. 독인에게 독은 곧 약이기도 한데, 녹안만독공을 연공해서 그런지 독기를 내공 취급했다.

"화독련(火毒蓮)을 맛보게 된 걸 후회할 거야!"

"화독련!"

대경했던 당염이 눈을 번쩍 떴다.

"……과하지 않은가."

당유기가 눈썹을 좁혔다.

화독련은 화기를 극성으로 키워 낸 인공독이다. 사천당가에서도 귀한 편에 속할 정도로 숫자가 적다.

값도 상당해서 정말로 웬만해선 쓰지 않고, 적통이 아니라면 마음대로 꺼낼 수도 없다.

독봉 정도 된다면 화독련을 쓸 수 있기는 하지만 아무리 그래도 생사결도 아닌데 너무 과하다.

주서천이 무슨 수를 써서 금선사를 아무렇지 않게 버텨 낸 건지는 모르겠지만, 화독련은 정말로 예외다.

저건 웬만한 절정이나 초절정 고수에게도 치명적이다.

게다가 독에 대한 지식이 없다면 해독도 까다로웠다.

"화독련이라면 힘 좀 써야겠군요. 가주께선 혹시 모를 사태에 대비해서 언제든지 나올 준비를 해 주십시오. 흘흘흘."

당염이 자리에서 일어나 허리를 퉁퉁 친다.

'금선사를 아무렇지 않게 넘긴 것만으로도 대단했지. 어릴 적에 기연으로 영약을 얻었다 하니, 분명 내공이 받쳐준 게 분명하겠구나. 그러나 화독련은 내공만으로는 어떻게 할 수 있는 게 아니다.'

독인도 아닌데 금선사로 된 첫 잔을 넘긴 것만 해도 놀라운 일, 이젠 쓰러질 일만 남았다.

"어디, 맛 좀 볼까."

벌컥!

한 치의 망설임도 없었다. 곧장 술잔을 꺾는다.

가신들도 그걸 보고 기겁했다. 배짱만큼은 정말 칭찬할 만했다.

"저런!"

그러나 저건 만용이다.

조금이라도 대비를 하고 마셨어야 한다. 해독이 생각 이상으로 고달파질 것 같다며 혀를 찼다.

"죽고 싶어 환장했군!"

"미친놈!"

이번에야말로 끝났다.

모두가 그렇게 생각했고, 의심하지 않았다.

천하백대고수인 당유기의 눈에도 그리 비쳤다.

하나…….

"꺼억!"

주서천의 트름에 모두가 경직됐다.

눈앞에 의기양양하던 당혜도, 급히 달려오던 당염도, 주점을 가득 메운 사천당가 사람들도 굳었다.

사람들뿐만 아니라 공기가, 바람이, 시간 자체가 얼어붙은 것처럼 멈춘다.

당혹, 의심, 경악, 불신, 대경, 혼란…… 온갖 감정들이 소용돌이치면서 한곳으로 모인다.

"무, 무, 무슨……!"

당혜가 처음으로 말을 더듬었다.

"으음!"

주서천이 묘한 표정으로 소감을 내뱉는다.

"이건 조금 혀가 얼얼한 것 같은 기분이 들어!"

같은 기분이 든다니!

'이, 이럴 수가!'

당염이 멈춰 서서 입을 다물지 못했다. 두 눈으로 목격했는데도 머리가 따라가지 않는다.

다른 독도 아니고, 독 중에서도 상급에 속하는 극독을 처먹었는데 저런 얼빠진 소리를 한다고?

물론 화독련이 절세의 독인 건 아니다. 해독 또한 초절정 정도 되면 타인의 방해가 없을 경우 어떻게든 해낼 수도 있었다.

그러나 눈앞의 남자는 한낱 애송이에 불과하지 않은가. 출신이 좋다 할지라도 무명인 일반 제자다.

내공이 많다 할지라도 기의 운용 능력 자체가 떨어진다면 저리 빨리 해독하는 건 불가능한데!

'아니, 애초에 해독을 한 것인가?'

"빨라도 너무 빨라……."

당혜가 당염과 같은 생각을 했다.

상식이 통하지 않자 의심이 갔고, 머리가 뒤편에 서 있는 무사에게로 홱 돌아갔다.

"제대로 가져온 게 맞느냐!"

"무, 물론입니다! 어찌하여 제가 착각하겠습니까!"

무사가 부복한 채 답했다. 이런 자리에서 실수라도 했다간 봉급이 깎이는 것만으로 안 끝난다.

이에 당염도 혹시 모를 상황을 생각했는지, 풀쩍 뛰어 당혜 앞에 섰다.

"헤 아가씨, 괜찮으시다면 술병을 확인할 수 있겠습니까?"

"……그리하세요."

당염이 술병을 건네받아 술 냄새를 맡아 확인한다.

'킁킁. 검남춘 특유의 상쾌한 향에 화독련도 섞여 있구나.'

향 다음은 미(味)였다. 술병을 살짝 기울여 몇 방울을 손가락 위에 떨어뜨리고 핥아 봤다.

"염 장로, 어떤가?"

당유기도 궁금한 건지 제일 먼저 물었다.

"화독련을 섞은 독주가 틀림없습니다."

웅성웅성.

당염은 세가 내에서도 가주 다음으로 가는 독공의 고수다. 그 판단이 틀릴 리가 없으니 더 혼란이었다.

'이 청년, 아니 주서천이 설마 화경이나 그걸 넘어서는 절대고수일 리는 없고…… 그렇다면!'

확신에 가까운 추측이 섰다.

당염이 머리를 들어 주서천을 물끄러미 쳐다봤다.

'낯빛에 변화는 없고, 호흡도 일정하다. 동공 역시 떨림이 없으니, 중독된 기미가 전혀 없구나. 해독 자체가 진행되지 않았다면……!'

입에서 아악, 하고 비명이 터져 나왔다.

"천독불침! 천독불침이로구나!"

"뭣이!"

당유기도 자리에서 벌떡 일어났다.

"석 잔째는 아직이요?"

주서천이 껄껄 웃어 댔다.

*　　　*　　　*

만독불침은 전설에서나 나오는 체질이지만, 천독불침은 가끔씩 볼 수 있다.

하나 그 천독불침조차도 보기 드문 편으로, 백 년은 고사하고 몇 백 년 만에 한 번 찾아볼 수 있다.

사실 찾아보면 더 있겠지만, 무림인이거나 의원 등이 아닌 이상 평생 모르고 지낼 수밖에 없다.

그리고 이 천독불침은 무림인, 특히 독공을 수련하는 사람들 입장에선 하늘이 내린 체질인데, 이는 독공 수련에 누구보다 유리해서 그렇다.

독공은 정파건 사파건 간에 처음부터 중독되어 내성을 키우는데, 이 과정이 상당히 길다.

천독불침이면 이 과정을 전부 생략할 수 있을 뿐만 아니라, 보다 더더욱 독기를 자유자재로 다루는 것도 가능해 기의 운용 능력과 내공 변환에 큰 도움이 된다.

주서천 자신이야 중도만공 탓에 여러 제약이 있어 그 이점이 사라지긴 했지만, 사천당가 입장에선 출신 성분에 상관없이 데릴사위로 데려올 체질이었다.

어쨌거나 사천당가의 주점에서 화독련 다음으로는 좀 더 상위의 극독인 칠보쇄혼독(七步碎魂毒)을 석 잔째로 대접받았으나 당연히 통하지 않았다.

어디가 아파져 오기는커녕 귀한 독을 흡수해서 녹안만독공이 삼성에서 사성으로 오르는 쾌거를 이루었다.

"나이만 아니었다면 데릴사위로 데려왔을 터인데!"

당유기가 실로 안타까워했다.

열여덟 살, 그것도 화산파의 무공을 수련한 사람을 제자로 들이기에는 너무나도 늦었다.

체질은 하늘이 내린 독공지체인데 문제는 조금 있으면 약관이라는 것과 사문이 있다는 점이다.

"아직 완전히 늦은 것은 아닙니다, 가주."

"천독불침이라면 애뇌산, 독혈곡을 자유자재로 돌아다닐 수 있으니 독초의 수집에 도움을 받을 수도 있습니다. 주 소협은 아직 화산파에서 중직을 맡지 않았으니, 얼른 데릴사위로 받아들입시다."

무림의 도사가 혼례를 못 올리는 건 아니다. 도가적인 성향이 강한 무당파조차도 혼례를 올린다.

다만 핏줄에게 사문의 무공을 가르칠 수 없으며, 또한 중직에 오르지 않아야 하는 조건이 있었다.

주서천이 당서천이 되면 확보할 수 있는 독초도 많아지고, 세가에도 큰 도움이 된다.

"이보게, 주 공자. 괜찮다면 좀 더 머무르지 않겠는가."

내기가 끝난 직후 당유기가 주서천을 찾아갔다.

"저도 그러고 싶은데 좀 바쁩니다. 독왕께선 부디 넓은 아량으로 이해해 주시기 바랍니다."

"……끄응."

당유기가 상당히 아쉬워했다.

참고로 당가 주점의 일은 세가 내외, 곧 사천 전체까지 퍼졌다가 곧 일파만파로 전 천하에 알려졌다.

"독봉이 또 패배했다!"

"그것도 사천당가의 주점에서 졌다는데?"

"허어, 이쯤 되면 우연이라고 보기는 힘들군."

"내 친척 중에 당가의 무사가 있어서 들어 봤는데, 듣기로는 주서천이 독이 안 받는 체질이라 하더군."

"헉, 설마하니 그 유명한 만독불침?"

"에끼, 이 사람아! 만독불침은 무슨 만독불침이야? 아마 백독불침 정도는 되겠지."

사천당가는 주서천의 천독불침을 비밀리에 붙였다.

혹시라도 사도천이나 마교도 중 주서천을 납치해 인체 실험 대상으로 입맛을 다실 것 같아서였다.

비밀에 영원이라는 것은 없으니, 결국 나중에는 밝혀지겠지만 그래도 되도록 비밀로 하는 게 좋다.

참고로 독봉이 같은 사람에게 두 번이나 패하게 되면서, 주서천에게도 드디어 별호가 붙게 됐다.

봉추(鳳雛)!

"봉추? 똘추 같은 이름이군!"

장본인도 싫어했다.

한편, 그 별호의 봉황이고 설욕전을 실패하고 또 다른 패배의 쓴맛을 경험한 당혜는 상당히 우울했다.

"하필이면……."

원래라면 수많은 사람들 앞에서 설욕전에 당당히 성공하고, 떨어진 자존심을 회복하려 했다.

한데 그게 화근이 되어 회복은커녕 반대로 자존심을 나락 끝까지 떨어뜨리게 됐다.

이번에는 세가 식구들이 전부 모인 곳에서 보기 좋게 패배하는 경험을 맛보게 됐다.

"내 듣기론 그가 내기의 조건으로 누군가를 해독하기 위해 동행을 요구했다던데, 그것이 맞느냐?"

당유기가 절망한 당혜를 찾아가 물었다.

"……네, 아버님."

"그런가. 슬슬 강호에 다시 나갈 때도 되었으니 잘됐구나."

보통 당혜 정도 되는 딸이 있다면 금지옥엽으로 아끼겠지만, 당유기에게 그런 것은 없었다.

당유기는 언제나처럼 조금 피곤하면서도 생각을 읽을 수 없는 눈으로 딸을 쳐다봤다.

"호위로 세가의 무사를 몇 붙여 줄 테니 그를 따라다녀 오거라. 네가 좋다면 그를 사위로 데려와도 나쁘지는 않겠지. 볼일을 보고 세가로 돌아올 때는 오라비에게 들러 일이나 도와주거라."

무정해도 이리 무정한 아버지가 있을까. 그 눈빛에도 목소리에도 자식을 걱정하는 건 조금도 없었다.

그렇게 당혜의 강호행이 결정됐다.

＊　　　＊　　　＊

과거, 그리고 앞으로 벌어질 시대에서 검마는 무림 천하에서도 특히나 눈에 띄는 인물이었다.

그러다 보니 그에 대한 정보나 일화에 대해서는 딱히 화산오장로가 아니어도 대강 알고 있었다.

검마에게는 목숨보다 소중히하는 딸이 있었는데, 불행하게도 그 딸은 알 수 없는 불치병 환자였다.

당시 검마는 의원을 수소문하며 중원을 돌아다녔지만, 치유하기는커녕 병명도 알아내지 못했다.

그래서 최후에는 신의가 있는 화인의원(華仁醫院)을 찾아가 문을 두들겼으나, 당시의 신의는 신약의 개발로 만나 볼 수 없다는 답변을 받았다.

하나 그렇다고 그대로 포기할 수는 없지 않은가.

몇 날 며칠을 기다리면서 어떻게든 만나 달라고 요청했지만, 화인의원은 원래 은거하여 무명이었던 검마를 우습게 보고 문전박대해 내쫓았다.

신의가 어디 그냥 만날 수 있는 사람인가?

신의를 찾는 사람이 하루에도 수십, 아니 백에서 이백 명 이상이다. 어떨 때는 그보다 더 된다.

검마 같은 사람은 지천에 널려 있고, 신의가 신약 개발에 집중할 수 있도록 방문자들을 전부 거절했다.

그러나 가끔씩 대문파 출신이라거나, 신분이 귀한 사람 혹은 상당한 돈을 가져오면 진료를 잡아 주었다.

비록 신의가 아닌 화인의원이 돈 욕심에 제멋대로 한 것이었으나, 이 일 탓에 검마가 원한을 갖게 된다.

검마 입장에서 불행 중 다행이었던 것은 딸이 죽어 가고 있을 때 암천회가 접근한 것이었고, 무림 입장에서 그 일은 최악의 일로 거론되는 재앙이었다.

참고로 화인의원은 암천회의 무림 침공이 시작되기도 전에 검마에 의해서 멸문지화를 맞이한다.

신의 역시 그 손에 목숨을 잃었다.

'암천회주는 그 딸을 대신 완치해 주는 걸로 검마의 충의를 얻었다. 그걸 내가 가로챈다.'

그래서 당혜를 도발해 내기를 했다.

당혜가 신의와 견주는 의술을 지녀서가 아니다.

검마의 딸은 원인 불명의 불치병에 걸린 것이 아니라, 정확히는 희귀한 독에 중독된 것으로 판명됐었다.

아비인 검마 스스로가 화원의원을 멸문시키며 말했으니 확실했다.

'녹안만독공으로는 어떻게 할 수가 없다.'

어디까지나 독을 다루고 운용할 수 있는 것뿐이지, 딱히 독에 대한 지식이 있는 건 아니었다.

정상적인 경로로 수련했으면 또 모를까, 천독불침을 이용한 사도의 방법인지라 이런 단점이 있었다.

그래서 독공을 잘 아는 고수의 손이 필요했고, 지금의 자신이 도움을 구할 수 있는 건 독봉 정도였다.

'기다려라, 검마.'

덜컹.

네 마리의 말을 이끄는 마차가 크게 덜컹거렸다. 그 탓에 엉덩이에 충격이 고스란히 전해져 아팠다.

무림 고수라고 마차의 이 승차감이 불편하지 않은 게 아니다. 허공에 떠올라 있지 않은 이상 충격을 받는다.

그저 익숙해져 참을 뿐이었다.

"천독불침, 천독불침……."

당혜에게 아는 사람의 딸이 원인 불명의 독에 중독되었으니 도움이 필요하다고 대충이나마 설명했다.

"도사인데도 어쩜 그리 비겁한지 모르겠네."

마주 앉은 당혜가 날이 선 목소리로 말했다.

"뭐가?"

"천독불침인데도 그리 뻔뻔하게……."

당혜가 독기 어린 눈으로 이를 빠드득 갈았다.

"속이 얼마나 작은 건지!"

주서천이 지지 않고 욕했다.

"뭐? 지금 부탁하는 입장인 사람이 누구인지 잊었어?"

"허어어, 설마하니 명문으로 이름 높은 사천당가의 독봉

아가씨께서 자신이 한 말을 번복하는 건 아니겠지요. 아니, 그럴 리가 없습니다. 그런 거짓말쟁이에 명예란 눈곱만큼도 없는 쓰레기일 리가 없습니다."

"으드득!"

당혜가 스스로 한 약속을 어기는 걸 죽는 것만큼 싫어하는 걸 알기에 아무렇지 않게 말할 수 있었다.

비위를 맞출 생각도 없었지만, 어쨌거나 그러지 않아서 무척 편했다.

"해독이 끝나면 반드시 널 가만두지 않을 거야."

"그러든지. 하하."

주서천이 귀를 파면서 웃었다.

섬서, 화산.

"……봉추?"

낙소월이 주서천의 별호를 듣곤 어이없어했다.

"도대체 사형은 강호 바깥에서 뭐하는 거야……?"

주서천이 하산한 지 반년이 지났다.

낙소월은 주서천이 활약을 믿어 의심치 않았다.

전에 그가 화산에 복귀한 이후로 틈만 나면 대련을 부탁했으나, 전력을 다했는데도 이기지 못했다.

자랑은 아니지만, 나름 동년배 중에선 무공에 자신이 있었다. 실제로 싸워 보고 진 적이 몇 없었다.

그리고 그 몇 없는 게 전부 주서천이었다.

내심 사형이 강호에 활약해 사람들이 놀라는 걸 기대하면서 속으로 웃고 있었는데, 이게 뭔 일인가.

활약이라면 활약인데, 웃을 수가 없었다.

알려진 것이라곤 독봉과의 내기 승부에 이긴 것뿐이고, 그 자체도 속임수 아니냐는 말이 있다.

"……치."

낙소월이 입술을 삐쭉 내밀었다.

"아가. 뭘 그리 뾰로통한 얼굴을 하고 있느냐."

그녀의 사조, 심옥련이 다가와 물었다.

"사형이요."

"주서천, 또 그 아이 말이냐……."

심옥련은 전처럼 얼굴부터 찌푸리지는 않았다.

전에 연화검회의 일로 주서천을 나름 인정하게 됐다. 다만 그렇다고 완전히 좋아하는 건 아니다.

싫어하지는 않을 뿐.

"네. 누구는 매화검수를 향해 뼈 빠지게 수련하고 있는데, 강호에 나가 여자에게 희희낙락하곤……!"

낙소월이 짜증이 난다는 듯 중얼거렸다.

연화검회 이후, 낙소월은 매화검수의 예검수(豫劍手)로

뽑혀 열심히 수련 중이다.

말만 매화검수가 아니지, 매화검수 몇몇이 가끔씩 이십사수매화검법을 지도해 주니 확정이나 다름없다.

무공이나 절제력, 인성, 예법 등은 이미 통과했고 수선행에 나가 경험을 쌓고 공만 세우면 된다.

"사형은 교류 능력도 현저히 부족하고, 제가 없으면 밥도 혼자 먹을 게 분명해요. 그래도 사문의 사형인데 그러면 너무 불쌍하잖아요. 하루라도 빨리 수련해서 수선행에 나가, 사형을 챙겨 줘야겠어요."

낙소월이 흥, 하고 콧방귀를 끼곤 검을 휘둘렀다.

강서(江西), 남창(南昌).

검마는 그 누구보다 많은 돈이 필요했다. 저명한 의원들을 불러 딸을 치료하기 위함이었다.

한 명의 의원만 해도 돈이 적지 않게 드는데, 여러 명을 데려와야 하니 천문학적인 돈이 들어갔다.

그래서 돈을 벌 수 있는 것이라면 뭐든지 했고, 보통 그런 일은 깨끗하다기보다는 더러운 편이었다.

그래서 일부러 사도천 세력권인 남부에서 활동했다.

"네 이놈, 아가씨를 강서에 데려오다니 무슨 생각이냐?"

당혜의 호위 무사, 절정 고수 원대식이 으르렁거렸다.

강서는 북으로는 호북과 안휘가 있고, 동으로는 절강과 복건이, 서로는 호남, 남으로는 광동이 있었다.

귀주와 다르게 완전히 사도천의 세력권이 바로 이 강서이다.

"대식아. 사도천 세력권이라고 시체가 산을 이루고 피가 바다를 형성하는 건 아니란다."

강서도 사람 사는 동네고, 엄연히 관리가 있다.

마도이세의 본거지인 신강이라면 또 모를까 현세에 강림한 지옥 같은 곳은 아니었다.

정파 세력권에도 엄연히 사파인이 활동하는 것처럼, 사파 세력권에도 정파인이 활동한다.

다만 치안이 우수할 수 있다고는 할 수 없고, 정파 세력권에 비해 지원을 받기가 힘들다는 건 있다.

"누가 대식이냐! 이 건방진 놈!"

원대식이 불같이 화를 내며 목소리를 높였다. 당장이라도 독이 묻은 검을 휘두를 것 같은 기세다.

"나는 주서천이다! 이 건방진 놈!"

주서천이 지지 않고 답했다.

"이런 개……."

"그만."

당혜가 손을 들어 원대식을 제지했다.

"정말이지 대화 수준이 유치해서 따라갈 수 없네. 내가 다 부끄러워서 네 탓에 접시 물에 코를 박고 죽어야 할지 고민되니까 좀 자중해 주지 않을래?"

당혜가 주서천에게 독설을 퍼부었다.

"그렇다면 사전에 나에게 시비 걸지 않도록 주의 좀 줘라."

"어머, 그들은 가신으로서 충의를 다하는 것뿐이야. 그걸 무시한다면 주군으로서 자질을 의심받아야 해."

"응, 아니야."

"네 입에서 황천을 떠도는 아귀(餓鬼)가 내뿜는 냄새가 나니까 입을 그만 닫아 줬으면 좋겠어."

"……."

마교도나 사파인도 한 수 접는 신랄한 성격!

밤늦게 남창에 도착한 일행은 객잔을 잡고 여장을 풀었다. 참고로 당혜는 면사포로 얼굴을 가렸다.

꽃에는 벌이 꼬이는 법. 특히 그 미색이 보통이 아니니 괜히 소란을 불러들이고 싶지 않았다.

이튿날.

"이십 명씩이나 데리고 다닌다면 여기 봐 달라고 떠드는 꼴이야. 세 명 정도만 따라오고 나머지 인원은 저잣거리라도 나가 정보를 얻어 오도록 해."

"예, 아가씨."

당혜는 강호에 나온 경험이 있어서 그런지, 어떻게 움직여야 할지 잘 판단하고 있었다.

성격이 영 좋지는 않아도 감정에 이끌려 공과 사를 구분 못 하는 건 아니었다.

적어도 쓸데없이 자존심만 높고, 세상 물정 모르는 아이를 데리고 다녀 일일이 알려 주는 것보단 나았다.

일행은 남창의 외곽 부근의 기와집을 찾았다. 나름 잘사는 집인 듯 규모가 제법 크다.

"작네."

당혜가 문 앞에 서서 읊조렸다.

크다고 해도 오대세가에 비하면 조족지혈이었다.

"어떻게 생각하건 상관없는데, 지금부터 만날 사람 앞에선 웬만하면 자존심 세우지 않는 게 좋을 거다."

당혜는 평소처럼 독설로 되갚으려다가, 주서천의 분위기가 평소답지 않게 무거운 걸 보고 입을 다물었다.

'누구를 만나기에……?'

천하의 독왕, 사천당가의 가주 앞에서도 긴장하지 않고 당당했던 주서천이다.

그런 그가 각별하게 주의를 주니 호기심이 솟아올랐다.

끼이익.

"무슨 일이오?"

대문이 열리자마자 험상궂은 무사들이 보였다.

"전광검귀(錢狂劍鬼)를 만나고 싶어 왔소."

스릉.

무사들의 허리춤에서 검이 매끄럽게 빠져나왔다.

"그분께 원한을 품고 온 것이라면 순순히 나갈 생각은 하지 않는 것이 좋을 거다."

"그 사실을 아는 자는 별로 없을 텐데……."

"웬 놈들이냐. 정체를 밝혀라."

분위기가 순식간에 돌변했다. 주서천 측의 당가의 무사들도 언제든지 암기를 던질 준비를 했다.

일촉즉발의 순간!

"비켜라."

안뜰에서 목소리와 함께 누군가가 걸어 나왔다.

"아……."

주서천이 나지막이 중얼거렸다.

찾았다, 라고.

검마를 본 적이 없던 건 아니다. 하지만 그때는 정말 멀리서 봐서 얼굴도 제대로 알아보지 못했다.

하지만 그럼에도 불구하고 주서천은 그를 한눈에 알아봤다.

쭉 찢어진 눈매에 그 안에 담긴 눈동자는 지옥에서 살아 돌아온 악귀처럼 독기로 가득 찼다.

눈매처럼 턱 선 역시 매섭고, 묶지 않은 머리카락은 등허리까지 길게 늘어졌다.

연령대는 사십 대 중반 정도, 나름 잘생겼으나 오른쪽 눈썹 위부터 일자로 새겨진 흉터가 무섭다.

무엇보다 단연 돋보이는 것은 무려 칠 척(尺)에 가까운 신장이었다.

'개양성(開陽星) 검마, 무곡(武曲)!'

상천십좌.

칠성사.

암천회주의 오른팔.

그야말로 검의 마귀.

암천회의 또 다른 괴물!

"하."

무심코 헛웃음이 흘러나왔다.

'경지를 알아볼 수가 없다…….'

하수는 고수를 알아보지 못한다.

그리고…….

"소매 안의 매화…… 화산파에서 괴물을 길러 냈군."

고수는 하수를 알아본다.

第八章
기사분반(氣思分斑)

검마, 무곡의 행적은 이의채에게 조사를 맡겨 뒀다.

찾는 데 그리 오랜 시일이 걸리지는 않았다.

검마 이전의 별호, 돈에 미친 검 귀신은 그럭저럭 알려져 있어 찾기가 쉬웠다.

정보를 구하는 데 돈 만큼 확실한 것도 또 없었다.

무곡은 딸을 위해 치안이 좋은 지역의 저택을 구입했고, 전장에서 만난 실력 좋은 무인들을 고용했다.

그리고 혹시 자신을 노리는 자들이 있을지 몰라 이곳에 대한 정보는 되도록 숨기는 데 힘썼다.

방문하자마자 비밀로 붙이고 있는 집주인의 정체를 말하

니 무사들이 경계하는 것도 당연했다.

'화경인가.'

무곡은 겉으로는 내색하고 있지 않았으나 내심 긴장하고 있었다.

'초절정이나 절정도 몇 명 섞여 있고…….'

눈앞의 어린 괴물 뒤편의 여인과 무사들을 살핀다.

'그 아이를 인질로 삼을 생각을 한다면 난 끝이다. 지키면서 싸우기에는 힘들어.'

수가 그렇게 많은 건 아니지만 그래도 부담스럽다.

'화산파에 이런 놈이 있다는 건 못 들었는데…….'

고작 약관 정도 되는 자가 화경의 고수다. 주목을 안 받을 수가 없는데, 들어 본 적이 없는 게 신기했다.

"싸우러 온 것이 아닙니다, 전광검귀. 그리 경계하지 않으셔도 됩니다."

주서천이 싸울 의지가 없다는 듯 양손을 들었다.

"……."

무곡이 입을 다문 채 내려다본다.

주서천은 그를 똑바로 올려다보며 입을 열었다.

"본론만 말하겠습니다. 저 안에, 병에 걸린 그대의 딸이 있을 겁니다."

"……!"

순간 당혜의 소매가 부풀어 올랐다가 잠잠해졌다.

무곡에게서 흘러나오는 살기에 무심코 반응할 뻔했다.

"딸아이의 치료를 도와 드리겠습니다."

"네 이놈……!"

무곡의 목소리가 스산하게 울려 퍼진다. 입구에 서 있던 무사들이 몸을 움찔 떨며 옆으로 물러났다.

칠 척이나 되는 무인이 다가오니 그 위압감이 보통이 아니었다. 피부는 바늘로 찌르는 것처럼 따갑고, 위가 꽉 죄어 오는 것처럼 불편하게 느껴진다.

그 얼굴은 검은 그늘에 가려져 잘 보이지 않았으나, 매섭게 째진 눈매만큼은 잘 보였다. 기분 탓인지는 몰라도 그 눈은 섬뜩한 붉은색으로 빛나는 듯했다.

"도대체 무슨 생각인지는 모르겠지만, 허튼짓을 했다간 온전히 살아 돌아가지 못할 것이다!"

"당혜. 면사포를 거둬 주겠나?"

당혜가 군말 없이 면사포를 걷었다.

"허억!"

여기저기서 숨이 멈추는 소리가 나왔다.

무곡을 제외하곤 입구를 지키는 무사들이 험악한 분위기에도 그녀의 미색에 빠져 넋을 잃었다.

괜히 사천제일미가 아니다.

"당혜……."

무곡이 중얼거렸다. 동시에 살기도 눈 깜짝할 사이에 사라졌다.

"당가의 독봉."

"만나서 반가워요. 어중이떠중이들은 아니랍니다."

당혜가 아무렇지 않은 듯 답했다. 그러나 그 눈썹은 미세하게 떨리고 있었다.

'전광검귀, 라고? 왜 이런 자를 듣지 못했지?'

당혜는 명문세가 출신이다 보니 고수를 보는 기회가 나름 흔했다. 잠깐이지만 상천십좌도 보았다.

그 외에도 임무 수행으로 세가 어르신과 함께 전장에 나가 사파나 마도이세의 고수와도 접점이 있었다.

그중에서도 살 떨리게 만드는 고수들이 있었는데, 무곡은 그들과 비교해도 결코 뒤지지 않았다.

"원한다면 무기도 넘기겠습니다. 그러니 대화를 해 주지 않겠습니까?"

주서천이 보란 듯이 검을 풀어 바닥에 놓았다.

이에 무곡이 일행을 한 명씩 한 명씩 훑어봤다.

그 눈은 여전히 사나운 맹수 같았다.

"네놈은 누구냐."

"화산파의 사대제자인 주서천이라고 합니다. 강호에선

봉추라고 부르더군요."

이에 무곡은 입을 다물고 가만히 서 있었다.

눈은 뜨고 있지만, 생각에 잠긴 표정이다.

지루할 만도 하지만 그 누구도 움직이거나 불평하지 않았고, 순간순간이 긴장되어 다들 흘러가는 시간을 눈치채지 못한 채 무곡의 다음 말을 기다렸다.

"……한두 명의 의원이 거쳐 간 게 아니다. 저명하다는 의원조차 힘들다며 고개를 저었다. 한데 의원도 아닌 무인이 무슨 자신감으로 내 딸아이를 치료하겠다는 거지?"

"치료하는 건 제가 아닙니다. 그녀입니다."

고개를 돌려 당혜를 슬쩍 쳐다본다.

"독인이 병을 치료한다는 것 따윈 들어 본 적 없다."

"약은 잘못 쓰면 독이고, 독은 잘만 쓰면 약이라는 말을 들어 보셨을 겁니다."

혀에 기름이라도 바른 듯 매끄럽게 움직였다.

"과연, 일리는 있군."

무곡의 굳은 표정이 조금은 풀렸다.

"따라와라."

방 안에는 한눈에 봐도 몸이 성치 않은 소녀가 누워 있다. 누군가 들어왔는데도 눈치채지 못한 채 가슴을 오르락

내리락하며, 숨을 들이쉬었다 내뱉는다.

"조금이라도 허튼짓을 할 기세가 보인다면 손목을 자르 겠다."

"딸의 병세가 어떤지 알고 싶으시다면 그 살벌한 시선은 거두어 주셨으면 하는데요. 진맥조차 제대로 할 수 없다고 요."

당혜가 무곡의 위협에 아랑곳하지 않고 받아쳤다.

이에 무곡은 팔짱을 낀 채 가만히 앉아만 있었다.

주서천은 그 옆에 앉아 당혜의 진찰을 기다렸다.

일다경 뒤.

당혜가 무곡의 딸, 무선화의 손목을 놓으며 묻는다.

"딸아이가 아직 태아였을 때, 산모에게 무슨 일이 있지 않았나요?"

"……오공(蜈蚣)에게 물린 적이 있었다만, 곧장 의원을 데려와 해독하여 무사히 넘겼었는데……."

무곡이 설마 하는 표정을 지었다.

"그때 부풀어 오른 배가 제법 됐죠?"

"……그래."

"산모가 독물을 접한다는 건 상상 이상으로 위험해요. 아마 당시 의원이 산모의 건강을 확인하고 아이도 유산하 지 않았다는 것에 넘긴 것 같았는데…… 그 탓에 문제가 생긴 것 같네요."

당혜의 목소리는 확신으로 가득 차 있었다.

무곡의 얼굴에 불안과 희망이 동시에 피어올랐다.

그동안 여러 의원들을 만났지만, 이렇게까지 정확하게 진찰한 사람은 한 명도 없었다.

"무엇인지 알겠는가?"

딸의 생사가 걸린 일이라서 그런지 그 목소리는 한층 부드러워졌다. 그만큼 목소리도 불안하게 떨렸다.

"태독인작(胎毒人作)을 알고 계신지요."

"태독인작?"

불길한 이름이다.

"이름 그대로, 태아일 때부터 독에 대한 내성이나 단전에 독기를 지니게 하는 악랄한 방식을 말해요. 이 이론에 의하면 태어난 아이는 어미의 배 바깥으로 나온 순간부터 백독불침에, 독공에 알맞은 독공지체를 갖게 된답니다."

눈살이 절로 찌푸려진다.

그야말로 인륜을 벗어난 행동이 아닌가!

"마교에서나 가끔씩 쓰이는데, 그조차도 산모나 태아가 생존할 가능성이 극히 낮아 폐기되었다고 들었어요. 방법은 어렵지 않아요. 독물에게 물리거나, 독기를 불어 넣은 다음 적절한 치료를 한 뒤, 또 다시 독물을 접하게 하는 걸

반복하는 거죠."

"설마……."

"네, 아마 독을 지닌 오공에게 물렸을 때 태아에게 전이된 모양이네요. 산 것 자체가 기적이랍니다."

"허어……."

무곡이 믿을 수 없다는 표정을 지었다. 설마하니 그 일이 문제가 될 줄은 상상도 하지 못하였다.

선천적으로 몸이 나빠, 불치병에 걸렸다는 것에 초점을 맞췄다.

운이 나빠 독이 태아에게 전이됐고, 또 거기에서 운이 좋아 무사하게 태어났다.

산모, 무곡의 부인은 불행 중 다행으로 독의 영향을 전혀 받지 않았다. 의원이 산모의 건강에 집중해 준 탓도 있었지만, 잔류한 것이 아이에게 전해져서다.

다만 원래부터 몸이 좋지 않았는지라, 아이를 낳고 쇠약해져 결국 시름시름 앓다가 세상을 떠났다.

무곡은 그동안 딸, 무선화가 그저 어머니를 닮아 선천적으로 연약한 체질이라 착각하고 있었다.

"딸의 연령은?"

"열네 살이다."

"독이 정말로 미세한 데다가 태아였을 적부터 들러붙어

육신에 융화되었으니 진맥을 한다 해도 눈치채는 사람은 저 정도 되는 독의 고수나, 화인의원의 신의 정도예요. 일반 의원은 눈치채지 못하는 게 당연하죠."

독공을 수련했다면 반대로 득이 되었겠지만, 이미 늦었다. 무려 십사 년 동안 독을 내버려 두었다.

그 탓에 혈관에 쌓이는 탁기는 조금씩 독을 품고 있었고, 곧 이내 몸 자체의 약화를 불러냈다.

무선화는 미래의 기억처럼 병 탓에 아픈 것이 아니라, 중독 때문이었다.

"뭐든지 하겠다!"

쿵!

무곡이 머리를 바닥에 찧었다.

"무엇이든 할 테니 부디 딸아이만 살려다오……!"

목소리에서 딸을 생각하는 간절함이 느껴졌다.

"어때?"

주서천이 당혜에게 해독이 가능하냐고 물었다.

"독봉라는 이름은 겉치레가 아니야. 다만……."

"다만?"

"법보(法寶)의 도움이 필요해."

"법보?"

주서천이 끙, 하고 곤란한 표정을 지었다.

법보라는 게 흔한 것도 아니고, 또한 대부분이 주인이 있어 손에 넣기도 힘들다.

"어떤 거?"

"기사분반(氣思分斑)."

기사분반은 이름 그대로 기와 사고를 나눌 수 있는 가락지다.

효과만 들으면 감이 안 잡히겠지만, 잘 생각해 보면 굉장히 쓰임새 있게 사용할 수 있었다.

무공을 예를 들어 보자.

검법과 권법을 동시에 써 본다고 치자.

둘은 무기를 쥐고 안 쥐고의 차이도 있을뿐더러, 초식이 다른 데다 기의 운용 자체도 달랐다.

설사 사문과 심법이 같다 할지라도 운용법 자체가 다르니 동시에 펼쳤다간 흐름이 뒤틀려 주화입마다.

하지만 이 기사분반을 착용할 경우, 이 상식을 깡그리 무시한 채 동시에 펼칠 수 있게 해 준다.

기와 사고를 완벽히 분리할 수 있으니, 마치 한 몸으로 두 사람이 무공을 펼치는 것과도 같다.

그야말로 상식과 힘을 초월한 신비의 무구!

참고로 기사분반과 동일한 힘을 지닌 무공이 있는데, 그게 바로 무당파의 삼대신공 양의신공이다.

'과연. 전생에선 정사대전 때 기사분반이 손실되었다고 했는데, 실상은 암천회에 가 있던 건가. 암천회주가 기사분반을 이용해서 무선화를 치료했구나.'

역사의 진실을 알게 되니 신기한 기분이었다.

"그나저나 하필이면 사도팔문(邪道八門)인가······."

사도천은 무림맹처럼 사파 세력의 연합체다.

당연히 그중에는 구파일방이나 오대세가처럼 문파나 가문이 있는데, 이를 사도팔문이라 칭한다.

기사분반은 그중 한 곳이 소유하고 있다.

"기사분반이 사도팔문에 있어?"

당혜가 깜짝 놀라 물었다.

주서천은 긍정 대신 침묵으로 답했다.

"끙."

딸을 위해서라면 뭐든지 할 것만 같았던 무곡이 곤란하다는 듯이 침음을 흘렸다.

"나는······ 움직일 수 없다."

"아까는 딸을 위해서라면 뭐든지 한다고 하시지 않았나요?"

"그렇기에 안 돼."

당혜의 물음에 무곡 대신 주서천이 답했다.

"최근, 돈을 벌기 위해 특히나 전장을 많이 돌아다녔다고 들었습니다. 맞습니까?"

"……그렇다. 상당한 사람들에게 원한을 지었지."

"그들이 이 집을 알아낸 것입니까?"

주서천의 물음에 무곡이 고개를 좌우로 흔들었다.

"정확한 위치는 모른다. 그러나 강서에 있다는 것을 알고 있는 게 문제다. 너희가 찾아왔으니 그들이 알아내는 것도 시간문제겠군."

"과연."

당혜가 이해했다.

아픈 딸 탓에 섣불리 움직일 수가 없었고, 그녀를 지키기 위해선 집 근처를 벗어날 수도 없었다.

만약 이런 사정이 아니었더라면 또 전장에 나가 돈을 벌기 위해 검을 휘두르고 있을지도 모른다.

"저의 경우에는 돈 좀 써서 알아낸 것이라 다른 이들이 당장 이 집을 알아내는 건 힘들 것이니 걱정하지 마십시오. 그리고 기사분반의 일은 제가 처리해 보죠."

"기사분반이 왜 사도팔문에 있는지는 모르지만…… 그곳은 동네 무관 같은 곳이 아니야."

당혜가 경고했다.

"나도 알아."

第九章

음호사궁(音眊死弓)

    정파는 문파끼리 싸우려면 명분이 필요하다. 그만큼 체면을 중시하고 눈치를 보는 탓에 잘 안 싸운다.

    하지만 사파는 다르다. 마교처럼 매일 싸우지는 않지만, 그래도 정파보다는 싸움이 빈번하다.

    구파일방이나 오대세가는 공적을 두고 경쟁하거나 개개인의 비무로 싸움을 마무리하여 끝나지만, 사도팔문은 심하면 전쟁으로까지 치닫는 경우도 있었다.

    그 탓에 통제가 쉽지 않아 사도천주도 이리저리 골머리를 앓고 있는 상태였다. 흔히들 말하는 사파의 자유분방함이 꼭 좋은 것만은 아니다.

그리고 그 분쟁은 지금에서도 일어나고 있다. 그들은 이 탓에 흉마의 무덤에도 관심을 보이지 않았다.

묘가검문(苗家劍門)과 폭섬도문(瀑閃刀門)이었다.

언제는 한 번, 폭섬도문이 이렇게 말했다.

"무공이라면 역시 도(刀)지!"

"검 같은 건 정파의 위선자들이나 쓰는 것이다!"

"사파인이라면 응당 도를 써야 해. 검이나 쓰는 것들은 죄다 약자거나 겁쟁이다!"

사파의 무공은 패도적인 것이 많다. 그렇다 보니 대부분이 도를 썼다. 하지만 검이 없는 건 아니다.

검공 중에서도 패도적인 초식은 얼마든지 있다.

"뭐?"

묘가검문이 제일 먼저 반응했다.

"백일창, 천일도, 만일검이라고 못 들었나?"

"검이 만병지왕이라는 건 코흘리개도 아는 것을!"

계기라는 건, 의외로 단순하다.

아이가 아닌 어른들도 유치한 이유만으로 싸우고, 그게 곧 단체와 단체가 다투는 전쟁으로 번진다.

그동안은 묘가검문과 폭섬도문도 입장이 있고, 함부로 움직일 수 없는 세력인지라 기 싸움만 했다.

그러나 결국 주먹 다툼이 벌어졌다가, 누군가의 목숨을

빼앗는 것을 시작으로 분쟁이 터졌다.

복건(福建) 묘가검문.

묘가검문의 서기관이 물었다.

"이름."

"주서천."

"사문."

"화산파."

서기관이 고개를 들었다.

주서천은 평소의 도복이 아닌 흑의 무복이었다.

"화산파의 속가제자 출신이 먹고 살기 힘들어 사파의 분쟁에 끼어들다니, 웃기기도 하지."

속가제자는 보통 사문의 규율에 자유롭다.

통제도 가하지 않는다.

화산의 무공을 허락 없이 가르치지만 않는다면 사파의 분쟁에 끼건 뭘 하건 간에 상관하지 않는다.

다만 보통 정파 중소 문파에 고용되거나, 표국의 무사가 되어 싸우지 사파 분쟁에 껴들지 않는 편이었다.

"오늘 휴전 전까지 살아남으면 은화로 두 냥이다. 사망 시에는 가족에게 가고, 폭섬도문의 중진의 수급을 가져오면 추가 보상이 있으니 참조해라. 보아하니 버티지 못하고 금세 시체가 될 것 같지만 말이야."

기사분반은 폭사도문에 있다.

마침 묘가검문과 분쟁하고 있어 얼른 지원했다.

아무리 화경의 고수라고 해도 사도팔문 중 일문에 단신으로 쳐들어가서 기사분반을 훔쳐올 수는 없다.

"목숨을 거는 데 겨우 은화 두 냥? 날도둑놈들!"

주서천이 어이가 없어 욕부터 했다.

"싫으면 관두든가."

서기관이 흥, 하고 콧방귀를 꼈다.

"다음!"

서기관이 명부에 적고 다음 사람을 불렀고, 주서천이 멀어지는 걸 확인한 다음 명부를 고쳐 썼다.

"이 많은 무사들이 사망한 다음에 어떻게 가족을 찾아서 사례금을 보내 줘? 부문주께서 뒈질 놈들을 눈여겨보고 이름을 빼라 했으니, 지워 둬야겠네."

*   *   *

복건에는 주서천 혼자만 왔다.

당혜는 해독의 준비를 할 수 있도록 남창에 남았다. 자연히 호위 무사들도 남았다.

"그래. 차라리 오지 않는 게 좋지. 그놈들이 '네가 감히 아가씨를 부려 먹어!' 라면서 내가 싸우던 도중 뒤통수에 암기를 던질지도 몰라."

사천당가에 대한 신뢰는 눈곱만큼도 없었다.

어쨌거나 주서천은 복건까지 한걸음에 달려와 묘가검문부터 들러 분쟁에 참여한다는 의사를 표했다.

이후 적절한 절차를 밟아 이름을 등록한 다음, 주녕에 도착했다.

주녕은 복안과 병남 사이에 있는 지방인데, 묘가검문과 폭섬도문의 중간에 위치한 지점이기도 했다.

"찻잎이 많군."

도착한 뒤의 첫 감상이었다.

근방은 경사가 심한 구릉 지대였는데, 언젠가 본 적 있던 찻잎 밭이 가득했다. 하나 원래라면 은은한 차향으로 가득해야 할 장소는 혈향과 악취뿐이었다.

사람이 지나간 흔적이 있는 장소에 드문드문 피가 묻은 반파된 무기가 덩그러니 놓여 있는 게 보였다.

그 외에도 찻잎 사이로 지독한 악취를 내는 팔이나 다리 같은 게 눈에 들어왔다.

"오 리(里: 1리=400미터) 정도 곧장 전진하면 구릉 위에 세워진 폭섬도문의 두 번째 진지가 나온다. 여길 점령하고 다음에 나오는 진지까지 점령하면 우리의 승리다. 열 명씩 짝을 지어 십인대를 결성해 싸워라."

도착하자마자 묘가검문의 고수가 명령을 내렸다.

주서천은 근처에 있는 아홉 명과 짝을 지었다.

"반갑다. 철삼이라 한다."

얼굴에 무수한 흉터가 난 중년인이 앞으로 나왔다.

일단 얼굴은 무수한 전장을 넘나든 역전의 용사다.

"보아하니 이 중에서 내가 제일 강한 것 같군. 십인장은 내가 맡을 테니, 내 명령을 따르도록. 그렇다면 너희는 살 수 있을 것이다. 날 믿어라."

범상치 않은 분위기에 다들 고개를 끄덕였다.

한 사람만 제외하고.

"반갑다. 주서천이라 한다."

"……?"

철삼이 고개를 갸웃거렸다가, 이내 얼굴을 찡그렸다. 안 그래도 험악한 얼굴이 악귀처럼 변했다.

"애송이, 말이 짧군. 경어를 붙이도록 해라."

주서천은 한 귀로 흘려듣고 철삼 앞에 섰다.

그리고 머리를 들어 그를 멀뚱멀뚱 올려다봤다.

"건방진 놈. 선후배 간의 예의를 알려 줘야겠군!"

사파인들 사이에선 시비를 거는 게 일상이다. 혈기 넘치는 애송이들이 종종 뭣 모르고 덤벼든다.

나머지 여덟 명은 주서천이 엉엉 울면서 잘못했다고 사죄하기를 기다렸다.

쐐액!

철삼의 검이 주서천의 목을 노렸다. 살기는 없었다. 이제 곧 싸울 터인데 바보같이 동료를 잃을 수 없다.

목 바로 앞에서 멈출 생각이었다.

챙그랑.

'응?'

철삼은 순식간에 벌어진 일에 이해가 안 갔다.

무언가 맞은 것 같더니만, 손에 쥐고 있던 검이 튕겨져 나가 지면을 데굴데굴 굴렀다.

"이게 뭔⋯⋯."

짜악!

"꾸엑!"

철삼이 뺨을 후려 맞고 쓰러졌다.

주서천이 몸을 돌린 다음 여덟 명에게 말했다.

"이젠 내가 제일 강하니 내 명령을 따라라. 그러면 너희는 살 수 있을 것이다. 날 믿어라."

"거절한다면?"

"뺨을 때릴 것이다."

"잘 부탁합니다, 십인장."

정파는 사파보다 사람이 적지만, 고수가 많다. 반대로 사파는 정파보다 사람이 많지만 하수가 많았다.

십인대의 아홉 명은 거의 전부 삼류였다. 철삼만 이류였다. 십인장을 자처한 게 허세만은 아니다.

"후우."

"십인장. 얼굴에 근심이 많소. 십인장을 따르면 산다고 했는데 그게 정말이오?"

"너희 실력을 보니 그게 정말 가능한 것인가 고민하고 있었으니까 걱정하지 마."

"으음!"

철삼이 도망칠까 고민했다.

"생판 모르는 놈들 신경 써 주면서 싸우는 것보단 혼자가 낫지만, 그렇다고 사파 소굴에 나 혼자 있을 수는 없지. 적어도 날 믿고 따를 사람은 필요하니까."

전쟁이란 건 결코 혼자 할 수 없다. 전란의 시대를 경험하고 깨달은 것이었다.

아무리 화경의 고수이고, 여러 무공을 지녔다고 한들 그러면 뭐하나. 믿고 함께할 수 없는 동료가 없는데.

출신 역시 정파의 사람이란 것이 알려진다면, 도와준 묘가검문조차 막바지에 자신을 몰아낼 수 있다.

왜냐하면 세운 공에 눈이 멀어, 그걸 빼앗아 자신의 것으로 만들 수 있으니까.

말(言)이라는 건 곧 힘이다. 그리고 그 말이 한 사람이 아니라 여러 사람일 경우는 큰 힘이 된다.

굳이 무공이 강하지 않다고 해도, 사파인들이 손을 들어 주고 신뢰를 준다면 최악의 결말은 면한다.

그리고 그 신뢰는 목숨을 빚지는 걸로 쉽게 쌓을 수 있다.

'단숨에 폭섬도문에 쳐들어간다고 해도 기사분반을 찾을 시간도 필요하고, 같은 화경의 고수와 싸운 뒤에는 다쳐 빠져나올 수 없을지도 몰라. 혼자라는 건 지긋지긋해.'

주서천은 등에 매단 화살통에서 화살을 꺼내 시위에 걸었다.

"지원은 내가 한다. 옆과 뒤는 신경 쓰지 말고 앞을 향해 달려."

"십인장. 설마 그 활을 쓰겠다는 겁니까?"

활의 취급은 관부 정도가 아니라면 좋지 않았다. 특히 무림에서의 인식은 아랫바닥이었다.

"또 맞고 싶지 않으면 상관하지 말고 전진해라."

주서천이 턱 끝으로 앞을 가리켰다.

아홉 명은 서로를 마주 보면서 고개를 끄덕였다.

'기회가 있을 때 저놈에게서 도망치자.'

'아무래도 살기는 글러 먹은 것 같다.'

'우리를 적당히 이용하다 버릴 생각이야.'

정파에서 의리나 신뢰라는 것은 보기 힘들다. 전장에서의 신뢰는 더더욱 그렇다.

사파야 두말할 것도 없었다.

그들은 뒤의 압박 탓에 처음에만 싸우다가 혼란스러움을 틈타 도망칠 것을 속으로 맹세했다.

와아아아!

구릉에서 무인과 무인이 충돌했다. 묘가검문과 폭섬도문이었다.

폭섬도문 역시 낭인들을 대거 고용한 듯했다.

"흐랴압!"

철삼이 앞장서서 검을 휘둘렀다. 그의 검에 폭섬도문 측의 낭인이 컥, 하고 신음을 흘리며 쓰러졌다.

"어딜!"

그 뒤로 곧장 낭인이 철삼에게 덤벼들었다. 그 숫자가 무려 셋이었다.

휙!

"끅!"

달려오던 낭인의 목이 뒤로 확 꺾였다. 그 이마에는 어디선가 날아온 화살이 박혀 있었다.

"……허어?"

철삼 뒤에 있던 낭인이 놀란 듯 입을 떡 벌렸다.

"봐, 봤어?"

"보이지도 않았다."

"화살이란 게 저리도 빨랐나……?"

눈을 껌뻑이면 이마에 화살이 꽂혔다. 속도도 속도지만 단 하나도 빗나가지 않았다.

무림인에게 화살이란 건 숫자만 많지 않으면 충분히 피하거나 쳐 낼 수 있는 것이다.

괜히 활이 안 좋은 취급받는 게 아니다. 아무리 혼란스러운 전장이라 할지라도 충분히 피하거나 막는다.

그런데 주서천의 화살에는 그런 것이 없었다. 대부분이 어떻게 죽은 건지도 모르고 바닥에 고꾸라졌다.

파바밧!

"꽥!"

화살이 바람을 가르면서 날아갈 때마다 비명이 터졌다. 그 화살에 빗나감이라는 것은 결코 없었다.

"대단하군!"

"이렇게 도와만 준다면……!"

철삼을 비롯한 십인대가 생각을 고쳐먹었다.

처음에는 기회만 엿보고 있었지만, 근처에 위험이 생길 때마다 제지해 주는 걸 보니 마음이 움직였다.

"으하하하!"

"와라! 네 이놈들!"

"내 뒤엔 궁신이 계시다!"

십인대가 의기양양하게 외치며 주변의 적들을 몰아붙였다.

근처에 있던 다른 낭인이나 사파의 무사들도 이를 눈치채고 주서천의 십인대 측으로 모였다.

무림에서 활은 원체 쓰이지 않다 보니 눈에 띌 수밖에 없다.

"도대체 이 화살들은 뭐…… 컥!"

"어디서 날아오는 거냐!"

"궁수부터 찾아!"

눈을 껌뻑이면 옆에 있던 동료가 화살에 맞아 쓰러진다. 보이면 모를까 그것도 아니니 소름이 끼쳤다.

"저기다!"

높아 봤자 무릎 정도의 풀이나 꽃밖에 없는 구릉이고, 아군에게 눈에 띄는 건 적군에게도 마찬가지다.

문도나 고용된 낭인들은 핏대가 서도록 소리를 지르고,

주서천을 삿대질하며 척살 명령을 내렸다.

"거기, 활잡이! 앞으로 나오지 마라!"

낭인들을 이끄는 묘가검문의 고수도 주서천을 발견하고 도움이 된다는 판단에 호위까지 붙여 줬다.

'오! 무공을 수련할 좋은 기회군!'

검법이야 과거의 경험이 있으니 상대가 없어도 상관없다. 하지만 궁술은 처음이니 실전 경험이 필요했다.

주서천은 이 기회를 수련에 이용하기로 마음먹고 미리 준비해 둔 화살통을 바닥에 두고 한자리에서 일월신궁을 운용했다.

* * *

전쟁이란 건 하루 종일 계속되지 않는다. 보통 해가 지게 되면 양측 다 지쳐 퇴각해 재정비한다.

보통 공격 측이 먼저 물러나는 것으로 휴전을 알린다.

"그만!"

묘가검문주의 명령으로 퇴각했다. 그 목소리는 기분 좋은 듯, 무척 들떠 있었다.

오늘 아군의 피해는 다른 날 때보다 적었고, 적군의 피해는 반대로 많았다.

전투가 끝나자마자 주서천은 환대를 받았다.

"십인장! 아니, 형님!"

"따르겠습니다! 대장!"

"저희를 거두어 주십시오!"

사파인이나 낭인들은 자존심을 그렇게까지 중요하게 여기지 않는다. 특히 하수들은 더더욱 그렇다.

그들은 약삭빠르게도 주서천에게 달려가 다른 날의 싸움을 위해서 고개를 숙여 댔다.

"알았다. 일단 일당이나 받으러 가자."

은자 두 냥을 받을 때, 누군가가 자신을 찾아왔다.

"반갑다. 묘진배라 한다."

"묘가좌검(苗家左劍)."

"그래."

이름을 대자마자 주서천이 자신을 알아봐 주자 묘진배가 기분 좋은 듯 웃었다.

묘가검법을 좌수로 펼치는 검수로, 사파에서도 나름 보기 힘들다는 초절정 고수로서 천하백대고수다.

동시에 묘가검문주의 친동생으로 최전선의 지휘를 선두에서 맡고 있다.

"무슨 일이오?"

"아까 전에 보았는데 그 궁술이나 지휘가 범상치 않더

군. 괜찮다면 내일부터는 백인장이 되어 지휘를 맡아 주지 않겠나? 물론 그에 합당한 보수도 내주겠네."

"좋소."

"무공뿐만 아니라 성격도 시원시원해서 좋군. 그럼 잘 부탁하지, 음호사궁(音皓死弓)."

묘진배가 사람 좋은 미소를 지었다.

"음호사궁?"

"아직 듣지 못했나? 오늘 전투에서 자네에게 붙은 별호일세. 소리가 들리면 죽는 활이라고 말일세."

"난 검수요."

"하하. 농담도 잘하는군. 더더욱 마음에 들어."

묘진배가 주서천의 어깨를 두들기곤 떠났다.

얼마 걷지도 않은 묘진배에게 부관이 다가와 뭐라 말했다. 청각을 집중해 무슨 말을 하는지 들어봤다.

"저자는 누구입니까?"

"음호사궁. 주 머시기란 놈이다. 어차피 내일 죽을 놈이니 신경 쓰지 마라. 놈을 앞에 내세워 주목시킨 다음, 따로 본대를 움직이도록 하게. 어차피 활이나 쓰는 놈이니까."

"알겠습니다."

목소리도 줄였고, 주변이 시끄러워서 잘 안 들릴 거라 생각한 모양이다.

"과연, 그런가."

활로 실전에서 공을 세웠다고 한들, 오랫동안 쌓인 인식이 쉽게 사라질 리 없다.

처음부터 자신을 치켜세우기에 성격 좋은 놈인가 했는데 단순히 이용하려고 그리한 듯했다.

"묘가좌검이 아닙니까!"

"대단합니다, 형님!"

처음에 지휘를 맡았던 십인대 수하들이 다가왔다. 그 뒤로도 몇십 명이 잇따랐다.

오늘 함께한 백 명이 주서천을 따르고 있었다.

"너 같은 동생 둔 적 없다."

"꾸엑!"

주서천의 손바닥이 철삼의 뒤통수를 후려쳤다.

'쪽팔리게!'

철삼이 순간 화가 나 눈을 부릅떴다. 아랫것들이 있는데 망신을 준 것에 화가 났다.

"팍! 씨."

주서천이 손을 들자 철삼이 얼른 눈을 내리깔았다.

"내일, 아니 오늘부터 내가 백인장이다. 아마 오늘 함께한 너희는 내일 또 나와 함께할 것이다."

"오오오!"

무사들이 좋아했다. 반은 낭인 출신이고, 반은 문도가 열도 되지 않는 사파의 약소 문파였다.

일류가 둘, 이류가 여덟, 삼류가 구십이었다.

한숨이 나오는 전력이었다.

"너희 이름은 이제 철일과 철이다."

주서천은 일류의 무인 둘을 한 명씩 가리켰다.

"미친놈!"

새로이 철일이 된 사파의 무사가 기가 막힌 듯 코웃음을 쳤다. 그 눈에 살기가 감돌았다.

"내일 네놈이 죽으면 이 백인대를 내가 고스란히 흡수하려고 가만히 있었지만, 그럴 필요가 없겠구나."

"아까부터 네 눈깔을 봤을 때부터 알고 있었다. 세상에 믿을 사람 하나 없다더니……."

급조된 백 명이 곧장 신뢰를 보이며 따를 리 없다.

특히나 사파에서 욕심에 눈이 멀어 뒤통수치는 건 흔한 광경이었다.

"고작 활 쓰는 놈의 말을 따르라고?"

철일이 검을 뽑는다. 일류의 무인답게 그 기세가 보통이 아니었다.

"나는 화산파의 검수다."

"흥! 네놈이 활잡이라 말하면 고용되지 않을까 봐 거짓을 고한 건 알고 있다. 그것도 장식이겠지!"

"진짜다. 난 정파인이라니까."

"헛소리! 본때를 보여 주마!"

철일이 덤벼들었다.

전장을 돌아다니며 무기나 군량을 파는 이들을 '전쟁상인'이라 칭한다. 그리고 그 부류에서 최근 이름을 떨치는 자들이 있었는데, 바로 금의상단이었다.

금의상단은 애초에 귀주에서부터 활동한 만큼 이쪽 분야로는 잘 알려져 있었다. 상단이 커진 이후로도 여전히 전장을 찾아다니면서 장사를 했다.

다만 정파와 사파, 적아의 구분 없이 파는 것이 눈엣가시였다. 그 탓에 좋아하지 않는 자들도 많았다.

하나 그럼에도 불구하고 금의상단의 인기는 식을 줄 모르고 끝없이 애용되었는데 이는 금의상단이 필요한 상황에 알맞은 물품을 원하는 품질로 확실히 보급해 주는 점 때문이었다.

가끔 전쟁상인들 중에는 일부러 하급품을 가져와 터무니없는 가격에 팔아치우는 악질이 종종 있다.

"싫으면 사지 마!"

괜히 전쟁 물자가 값비싼 게 아니다.

공급은 적은데 소요는 많은 상황에서 안 사면 당장 전멸할지도 모르는 일이니 살 수밖에 없었다.

대부분은 보복이 두려워서 하지는 않지만, 가끔은 그들이 전멸할 것을 생각하거나 혹은 큰돈을 벌고 잠적할 계산하고 저지르는 자들도 제법 있었다.

사람들은 그 운 나쁜 경우를 피하고 싶어 영 달갑지는 않지만 신뢰는 확실한 금의상단과 거래했다.

"그러니까 너희도 살 게 있다면 무조건 금의상단에서 사라. 다른 놈들은 전부 사기꾼이야."

"……예."

철일이 음울한 목소리로 답했다. 뺨은 벌겋게 부어 있었고, 어째서인지 손에 쥔 검은 반 토막이 났다.

그리고 그 뒤로 백인대원들이 서 있었는데, 그들의 낯빛역시 썩 좋지 않았다. 다들 우울해 보였다.

"보수를 받으면 술이나 기녀에게 전부 날린다니, 그야말로 하루살이가 아닌가. 우선 무기나 약 같은 것에 투자해라."

"고수는 무기를 따지지 않는다고 하지 않습니까?"

"너희가 고수냐?"

"아니요."

"그렇지?"

"……."

무언가 속는 느낌이었다.

"백인장. 난 여기에 오기 전에 검을 장만했소만."

삼십 대 중반쯤 된 사내가 물었다.

주서천의 시선이 옮겨졌다.

"어디서?"

"복안에서……."

"누구에게 구입했나?"

"복안에 실력 좋은 대장간이 있다고 하여……."

"누구에게 소개를 받았지?"

주서천이 집요하게 묻자 사내가 목을 자라처럼 움츠리면서 자신감 없는 목소리로 말을 흐렸다.

"묘가검문의 무사에게……."

"흠."

주서천은 주변을 슥 둘러보곤, 묘가검문의 문도가 없다는 걸 확인한 다음에 속삭이듯이 중얼거렸다.

"그거야 동네 상권과 짜고 친 것이 아니겠는가? 품질이 의심되니 새로 장만하도록."

"백인장. 난 방금 전 싸움에서 노획했소. 이도 나가지 않았고, 몇 번 쓰지 않은 것 같은데……."

"시체를 뒤져서 가져왔나?"

"그렇소."

"분명 무기가 좋지 않으니 패배한 게 틀림없군. 버리고 새로 장만하는 게 좋아. 품질이야 두말할 것 없이 금의상단이 최고지."

궤변도 이런 궤변이 없다.

너무 이상하니 의심하는 자도 나왔다.

"정말……이오?"

"너 나보다 고수야?"

"그건…… 아니지만……."

"그럼 말을 말아! 콱!"

백인대가 돈을 탈탈 털어 무기를 장만했다.

그래도 정말 나쁜 건 아니다. 실제로 하수들이 괜히 하루가 멀다 하고 죽는 게 아니었다.

언제 죽을지 모르는 하루살이 인생이기에, 대부분 보수를 쾌락을 위해 사용했다.

그것을 제외하고 무기나 약 등에 쓴다면 생존률은 몰라보게 상승한다.

"자, 이제 내일을 위해 쉰다. 자자."

*　　　*　　　*

날이 밝았다.

구릉 위로 사람들이 구름 떼처럼 몰려든다.

"흠."

묘진배는 눈을 매섭게 뜨고 구릉 위에 세워진 진지를 노려봤다. 저 진지를 보는 것도 오늘로 끝이다.

"가자!"

와아아아!

묘진배의 외침에 아군이 답한다. 그들은 각자 결사의 심정으로 무언가를 위해서 검을 휘둘렀다.

구릉 위로 피바람이 불었다. 시체가 썩어 가는 악취와 비릿한 피 냄새가 바람에 뒤섞여 있었다.

"음호사궁부터 처리해라!"

어제의 활약이 적군에게도 알려져서 그런지 주서천부터 경계하는 외침이 튀어나왔다.

"백인장을 지켜라!"

"와아!"

백인대가 주서천을 호위하듯 서서 검을 들었다.

백 명과 백 명이 부딪쳐 뒤섞였다. 손에 쥔 무기 덕에 적아를 쉽게 구분할 수 있었다.

"화살 따위를 두려워하다니, 어리석은 놈들!"

"너희가 그러고도 사내대장부라 말할 수 있느냐!"

"꺼져라, 이 겁쟁이들!"

폭섬도문 측에서 유난히 눈에 띄는 사형제가 커다란 도를 휘두르면서 전진했다.

그들이 도를 휘두를 때마다 묘가검문 소속 무인들이 추풍낙엽처럼 쓰러진다.

"폭섬사견(瀑閃四犬)!"

묘가검문 측이 술렁이며 뒤로 물러났다.

폭섬도문에는 실력은 뛰어나지만 성격이 지랄 맞기로 소문난 사형제가 있는데, 그들이 폭섬사견이다.

첫째와 둘째는 절정이고 셋째와 넷째는 일류에서도 최상승에 속한다. 그들이 나섰다는 건 곧 어제의 피해가 적지 않았다는 걸 증명하는 것이기도 했다.

"전부 쳐 죽여라!"

와아아아!

일견으로 추정되는 무인의 외침에, 폭섬도문도와 낭인들이 잔뜩 올라간 사기를 내뿜으며 전진했다.

방금 전까지만 해도 묘가검문이 밀고 있던 상황이 뒤집히면서, 전장이 비명과 피로 난무했다.

"으랴아압!"

폭섬사견이 소리를 힘껏 내지르면서 달려온다. 넷 다 덩치가 크다 보니 마치 멧돼지와 같았다.

"으아악!"

주서천의 앞을 호위하고 있던 백인대원들이 길게 버티지도 못하고 힘없이 날아가 쓰러졌다.

"하나!"

팟!

시위를 놓자 걸려 있던 화살이 날아간다. 바람의 기류를 타고 빙글빙글 회전하면서 일직선을 그렸다.

그 화살은 제일 앞에 서 있던 폭삼사건 중, 제일 어려 보이는 자의 이마를 노렸다.

"어딜!"

사견이 코웃음 쳤다. 도는 거의 본능적으로 세운 채로 얼굴을 가렸다.

째앵!

화살촉이 도를 후려쳤다. 그 충격이 고스란히 도 전체를 감싸 안아 흔들었다가 팔로 전달됐다.

"……!"

그의 얼굴이 당혹으로 일그러졌다. 도에서 전해져 오는 힘의 여파가 작지 않은 것에 놀랐다.

'이게 궁술이라고?'

화살에 내기를 주입한 게 틀림없다.

그렇다면 무공이 확실한데, 이 정도로 위력적인 궁술은

들어 본 적도, 겪어 본 적도 없었다.

　'게다가 공력도 보통이 아니다!'

　사견이 바싹 긴장했다. 활잡이라고 우습게 볼 게 아니란 걸 깨달았다.

　"바보 같은 놈! 뭘 멍하니 있느냐!"

　삼견이 사견을 스치고 지나갔다.

　"조심하십시오! 형님!"

　"활잡이 따위, 어차피 거리만 좁히면 그만이다!"

第十章
폭섬도문(瀑閃刀門)

　삼견은 사형제 중에서도 경공과 보법이 특기였다.

　지면을 박차며 뛰어드는 그 모습은 사냥개 그 자체. 주서천과의 거리를 순식간에 좁힌다.

　휙!

　시위를 재차 튕기면서 화살을 토해 낸다.

　"흥!"

　삼견이 어림없다는 듯 도를 전력으로 휘두른다. 가볍지 않은 압력이 뭉친 도풍(刀風)이 뿜어져 나왔다.

　잘만 날아가던 화살은 자연적인 것이 아닌, 인위적인 바람에 의하여 그 방향이 꺾였다. 꼬리에 달린 깃털도 도기에 의해 예리한 단면도를 남기고 잘렸다.

"과연. 일류부터는 잘 안 통하나."

주서천이 흡족하게 웃으면서 고개를 끄덕였다. 기습이라면 모를까 정면 승부로는 조금 힘들다.

자신이 평생을 궁술에 매진했으면 모른다. 애초에 일류 이상 무인에게 써 본 적은 이번이 처음이기도 했고, 중도만공은 무공의 본연의 힘을 끌어낼 수 없으니 여기에서 만족했다.

"죽어랏!"

삼견이 머리를 쪼갤 기세로 도를 휘두른다.

"으악! 백인장!"

근처에 있던 낭인이 비명을 질렀다.

겨우 하루 동안 정이 들었을 리 없다. 그가 사라진다면 앞으로의 싸움이 험난해질 것 같아서였다.

그들은 자신들의 안위를 위해서 주서천을 호위했던 것이다.

모든 이들이 주서천의 죽음을 믿어 의심치 않았다.

"너나 죽어라!"

검이 번개같이 뿜어져 나오며 도를 쳐 냈다.

"무, 무슨……."

쳐 내는 힘이 보통이 아니다.

대해와 같은 공력에 삼견도 무언가 잘못됐다는 걸 느꼈고, 그것이 죽기 직전으로 한 최후의 생각이었다.

삼견이 튕겨 올라간 도를 제자리에 되돌리기도 전에 주서천의 검이 목을 스치고 지나간다.

서걱!

눈을 부릅뜬 채로 굳어진 삼견의 머리가 목과 분리되어 공중에서 화려하게 회전했다.

"검……?"

바로 뒤에 있던 사견이 상황 판단을 하지 못했다.

음호사궁이라는 별호의 활잡이가 친형을 검으로 단숨에 베어 버리자 머리가 멍해졌다.

"검수라니까!"

주서천의 몸이 흐릿해졌다가 사견 앞에 나타났다.

사견이 아차 하고 도를 휘두르려 했으나, 늦었다.

주서천은 사견의 흉부에 검을 꽂은 다음 빼냈다.

"꺽!"

외마디 비명을 흘린 사견의 몸이 앞으로 고꾸라졌다. 일류 고수 둘이 순식간에 목숨을 잃었다.

"네 이노오오옴!"

동생을 잃은 형의 분노가 전장을 울린다.

일견과 이견이 살기를 내뿜으면서 달려온다.

이견이 제일 먼저 도착해 도법을 펼쳤다. 그 기세가 가히 폭풍과도 같아서 주서천도 감탄했다.

'과연. 이게 폭섬도문의 무공인가!'

폭섬도문의 무공은 사도 중의 사도였다.

폭섬기공은 체내에 흐르는 기혈(氣血)의 순환을 폭발시켜 순간적으로 신체 능력을 몇 배나 향상시키는 효능을 지니고 있다. 대신 몸에 부담이 많이 가서 한 번 쓰면 장기간 동안 유지하기는 힘들다.

"이놈! 이놈!"

이견이 화를 내면서 도를 몇 번이나 휘둘렀다. 몸집이 큼에도 불구하고 그 움직임만은 빠르다.

주서천은 먼저 빗발처럼 쏟아져 내리는 도격을 검으로 맞받아치면서 익숙해지는 데 힘썼다.

상대편에선 전력을 다했지만, 주서천은 탐색하는 데만 집중했다.

"이, 이럴 수가……."

"도대체……?"

한편, 좌중은 잠시 싸우는 것도 멈추고 이견과 주서천의 대결에 넋 나간 얼굴로 구경하는 데 바빴다.

"음호사궁이 검으로 막아 내고 있는데……?"

"밀리는 것 같긴 하지만……."

"멍청한 놈아. 저건 어떻게 막을 수 있는 게 아니야. 저대로 버티기만 해도 이견은 제풀에 지쳐 쓰러지니 이길 수 있다."

"허어!"

"활잡이라며?"

별호 자체도 '궁' 아닌가!

"이 추어 같은 놈!"

이견이 씩씩거리면서 도에 힘을 더했다. 마구잡이로 휘두르는 것 같아도 도법을 펼치고 있었다.

휘익!

아래에서 위로 칼날이 날아오자, 한 걸음 뒤로 후퇴해서 회피했다. 머리카락이 바람에 흩날렸다.

이견이 위로 향하는 힘을 멈추고 곧장 두 걸음 앞으로 전진해 있는 힘껏 아래로 내리그었다.

채앵!

불꽃과 불꽃이 튀긴다. 주서천의 검이 이견의 도를 막아냈다.

"아우야! 놈을 결코 놓치지 말거라!"

일견이 타오르는 눈을 번뜩이면서 날아와 도를 휘둘렀다.

부웅!

후방에서부터 칼날이 옆구리를 노리고 들어왔다.

"이 정도인가!"

탐색전을 끝내기로 했다. 막고 있는 도를 위로 튕겨낸 동시 왼쪽 발을 중심으로 삼아 몸을 회전했다.

손에 쥐고 있던 검도 반원을 그린다. 옆구리로 들어오던 도가 검에 튕겨져 나갔다.

'내, 내가 밀려?'

분노로 이성을 잃었던 일견이 정신을 번쩍 차렸다.

폭섬도법은 무림에서도 패도적이고 강맹하기로 이름이 높다.

베는 힘과 그 위력이 마공과 견줘도 지지 않을 정도인데, 밀어 버리기는커녕 간단히 밀렸다.

"무슨 놈의 내공이…… 윽!"

"많냐고? 나도 안다!"

주서천이 말을 끊으며 이십사수매화검법을 펼쳤다.

이초식인 매화접무부터 시작해 육초식인 매화낙락까지 보이는 데 한순간. 매화 대신에 검기가 떨어졌다.

"억!"

일견이 버거워하면서 뒤로 물러났다. 반대편에 있던 이견이 얼른 끼어들어 주서천의 검법을 막는다.

파바밧!

검법이 계속해서 매화빈분으로 이어졌다. 어지러울 정로의 검로가 무수히 펼쳐지며 둘을 덮쳤다.

"끄으윽!"

채채채챙!

검초를 막아 냈지만, 전부는 아니었다. 검에 실린 기를 흘리진 못해 조금씩 상처가 늘어났다.

팔초식인 매화혈우라는 이름에 걸맞게, 검에 묻은 피가 늘어날수록 검광은 붉은색으로 빛났다.

이십사수매화검법은 변검(變劍)이 중점이다.

변화가 워낙 자유자재이다 보니 단순하고 일격에 중점을 둔 폭섬도법으로는 맞대응하기가 힘들었다.

오랫동안 서로 합을 맞춰 온 형제이기에 겨우 막는 게 가능했지, 그게 아니라면 진작 패배했다.

"이리도 빠르다니!"

일견이 검법을 겨우겨우 막아 내면서 신음을 흘렸다.

폭섬기공의 신체 능력 강화는 상당해서, 절정의 고수가 쓴다면 순간적인 능력은 초절정과도 맞먹는다.

신체 능력만 보면 초절정과 맞먹음에도 불구하고 꼼짝도 하지 못하고 있는 현실에 경악할 수밖에 없었다.

'매화구변(梅花九變)!'

검이 또다시 변화를 보인다.

이십사수매화검법에 겨우 익숙해지는 사이에 아홉 번이나 큰 변화가 이루어지자 형제는 혼란에 빠졌다.

"호, 혹시……."

일견의 얼굴이 흙빛으로 변했다.

변화가 가득하나 난잡하지 않고, 군더더기 하나 없는 정확한 움직임은 아름다울 지경.

이와 같은 상승의 검법은 무림에서도 흔하지 않다.

"눈썰미가 굉장한데."

주서천이 짐짓 감탄하며 솔직하게 칭찬했다.

'매화만개(梅花滿開)!'

아홉 가지의 모습을 보이던 매화가 활짝 핀다.

검이 지나치고 남은 아홉여 개의 잔상이 순간 사라졌다가 봉우리가 열리듯 활짝 피며 주변을 삼켰다.

"커허억!"

일견과 이견의 몸에 무수한 검상이 남았다.

매화구변으로 아홉여 개의 변화를 초고속으로 펼친 다음 초식을 이어 끊어졌던 대기의 기를 자극해 이렇게 꽃이 만개한 것처럼 보이게 할 수 있다.

구경꾼들 중 고수가 있었다면 완벽하게 이어진 검초에 감탄하겠지만, 아쉽게도 이곳에는 그런 고수가 없었다.

순식간에 벌어진 일인 데다가 방금 펼쳤던 검법 자체가

워낙 수준이 높았기에 다른 이들이 보기에는 주서천이 가볍게 검을 휘두르니 일견과 이견이 피를 흩뿌리는 것처럼 보였을 것이다.

"으……."

먼저 고요를 깬 건 폭섬도문이었다.

"으아악!"

"포, 폭섬사견이 전부 죽었다!"

적군의 사기가 눈에 띌 정도로 가라앉았다. 이 중에서 제일 고수였던 네 명이 순식간에 죽었으니 당연했다.

"와아아아!"

"백인장을 따르라!"

"우리에게는 음호사궁이 있다!"

묘가검문의 사기는 폭발하듯이 치솟았다.

*   *   *

한편, 묘진배는 무사들을 이끌고 우회해서 구릉을 올랐다.

"크악!"

폭섬도문도가 비명을 지르며 나가떨어졌다.

"하하하! 좋아! 생각대로구나!"

묘진배가 흡족하게 웃었다.

음호사궁을 비롯해, 낭인 출신 중에서 실력 있는 자들 몇몇을 정면에 배치했다.

폭섬도문이 어제의 피해 탓에 정면에 신경 써서 병력 대부분을 그곳에 두었을 것이라 생각했다.

그리고 우회해서 몰래 침입하니 진지로 향하는 길목을 지키는 무사들이 적었다.

"부문주. 뭔가가 이상합니다."

곁에 서 있던 가신이 말했다.

"이상하다고?"

"그게…… 뭐랄까. 쉬워도 너무 쉽다고 생각하지 않습니까?"

"하하하. 자네도 걱정이 너무 과하군. 그야 내 책략이 완벽했기 때문이라네. 걱정하지 말게나."

묘진배는 가신의 어깨를 두드리면서 웃었다.

그러나 얼마 뒤의 그 웃음은 싹 사라지게 됐다.

"거도(巨刀)!"

구릉의 정상에는 중년의 거한이 기다리고 있었다.

칠 척을 가뿐히 넘는 신장도 범상치 않지만, 잘 발달된 걸 넘어 과할 정도의 근육은 짐승과 같았다.

상의는 입지 않아 갈라진 근육뿐만 아니라 세월의 흔적

을 보이는 무수한 흉터들까지 전부 보였다.

어깨와 팔은 통나무보다 굵었고, 주름진 얼굴은 마치 한 마리의 야수를 연상시켰다.

아무렇게나 자란 산발과 같은 머리칼은 전부 뒤로 넘긴 것이 특징이었다.

"실로 오랜만에 보는 얼굴이구나, 묘가좌검."

"네 이놈! 어째서 혼자더냐!"

가신의 불길함이 맞아떨어졌다.

"그걸 말이라고 묻느냐? 멍청한 놈!"

거도, 구종(具種)이 입꼬리를 올려 비웃음을 흘렸다.

딱!

구구구구!

엄지와 중지를 부딪치자 지면이 울렸다.

아까 전 경고했던 가신의 얼굴빛이 하얗게 질렸다.

"함정입니다!"

말이 끝나기 무섭게 이곳저곳에서 도를 든 무사들이 나타났다. 자신들이 왔던 곳에서 무사들이 양껏 몰려와 퇴로가 완전히 막혔다. 총 전력 차도 두 배다.

묘진배가 눈을 질끈 감았다.

'당했구나!'

가신이 하는 말을 좀 더 주의 깊게 들어야 했다. 그만 자만에 빠져 함정에 보기 좋게 걸렸다.

"으하하! 네놈 수를 모를 줄 알았느냐?"

구종의 비열한 웃음소리가 크게 울려 퍼졌다.

"흥! 보아하니 문파의 무사들 대부분이 여기에 있는 것 같구나. 이러면 네놈의 본대에 힘이 부족해 정면이 금방 뚫릴 것이다. 어리석은 건 네놈이다!"

"날 돌대가리로 아는군. 내 그럴 줄 알고 칼 좀 쓴다는 자식들을 보내 뒀다. 폭섬사협이라는 이름은 들어보았겠지?"

"폭섬사협이 아니라 폭섬사견이겠지. 과연, 그 개놈들을 보냈다면 본대가 조금이라도 더 버티겠구나."

사파인이라서 그런지 말이 거칠다.

"흥! 그게 네 실수다! 폭섬사견이 없다는 건 여기에도 이렇다 할 고수가 별로 없다는 뜻이겠군!"

묘진배가 코웃음을 치며 검을 세웠다.

"뭐라고? 으하하하!"

구종이 허리를 젖히며 크게 웃었다.

"여기에서 네놈만 처리한다면, 우리의 승리다!"

묘진배가 검에 기를 불어 넣었다. 그의 몸에서 살의가 쏟아져 나와 구종에게로 향했다.

"묘가좌검. 설마 네가 내 상대가 될 줄 아느냐? 이 천하백대고수이자 폭섬도문주 구종에게?"

"천하백대고수가 네놈 하나뿐인 줄 아느냐?"

"병신 같은 놈. 한심하기 짝이 없구나."

피식.

구종이 가당치도 않다는 듯 바람 소리를 냈다.

"천하백대고수 안에서도 우열이 있다는 걸 모르나 보군."

구종이 별호에 걸맞은 크기의 칼을 뽑는다. 잘 보면 그 도신에는 실처럼 가는 기가 넘실거렸다.

"초절정이란 걸 내 앞에서 자랑해 봤자…… 헉!"

묘진배가 비웃으려다가 눈을 부릅떴다.

"서, 설마!"

집중하면 보이지 않던 도기가 점차 반투명해져 도신의 형체를 따라 유형화한다. 물처럼 일렁이던 그 기는 이내 견고해지고 단단해져 얼음처럼 굳어졌다.

"이제 그만 죽어라!"

*　　　*　　　*

사파는 정파와 다르게 우두머리를 대부분 무력으로 정한다. 묘가검문도 마찬가지다.

묘가검문의 이인자는 묘진배고, 일인자는 당연히 문주인 묘진각이었다.

하나 그렇다고 함부로 전선에 나설 수는 없었다.

최고 고수이기 전에 문파의 중심인 탓이다.

괜히 나섰다가 포위라도 당해 죽기라도 한다면 그 피해와 혼란은 두말할 것도 없었다.

문파의 운명을 건 싸움에 참전하지 않을 수는 없었지만, 거리를 두고 지휘하는 것만으로도 충분했다.

"헉, 크헉! 그, 급보…… 급보입니다!"

전령이 새파랗게 질린 얼굴로 외쳤다.

"무슨 일이라도 생긴 것이냐! 말해 봐라!"

묘진각이 타들어 가는 목소리로 황급히 물었다.

"부, 부문주께서 전사하셨다고 합니다!"

"뭐라고?"

묘진각이 믿을 수 없다는 표정으로 되물었다.

전령은 보고하면서 정상에 있던 일을 자세하게 알렸다.

묘진배의 정예가 구릉 정상에 도착. 그러나 구종에게 수를 읽혀 미리 준비한 함정에 걸렸다는 것.

정예는 끝까지 남아 어떻게든 반항하나 결국 몇몇 무사를 제외하곤 전멸. 끝내 묘진배의 목도 잘렸다.

"그곳에서 가까스로 생존한 무사들에게 들은 것이니, 유감스럽게도…….”

“으아아악! 구종! 구종, 이 개새끼!”

묘진각이 걸쭉한 욕설을 내뱉었다.

눈이 시뻘겋게 충혈되고, 핏줄이 튀어나왔다. 분노로 인해 얼굴이 시뻘겋게 달아올라 돌아오지 않았다.

핏줄을 잃은 충격에 제정신이 아닌 듯 알아들을 수도 없는 괴성을 내지르면서 난동을 부렸다.

“죽인다! 내 손으로 기필코 죽여 버리겠다!”

“무, 문주! 진정하시오!”

“그렇습니다! 일단 진정하셔야 합니다!”

보좌하고 있던 장로들이 묘진각을 뜯어말렸다.

문주 다음으로 강했던 부문주를 잃은 상황은 결코 좋지 않았다. 묘진각까지 이성을 잃으면 끝이다.

“진정? 지금 내 동생이 살해당했는데 진정하라고?”

“어떤 심정인지 알고 있습니다만, 이대로 이성을 잃으신다면 제대로 된 복수도 할 수 없습니다.”

장로들이 묘진각을 최대한 어르고 달랬다.

묘진각도 바보는 아니다. 지금 이 상황에서 복수와 광기에 불탄다면 그거야말로 구종이 원하는 바이다.

으드득!

“……그 외에 또 보고할 것은 없느냐?”

묘진각이 구종의 손에 의해 죽었다는 말을 듣자마자 괴성을 질러 대는 탓에 보고가 도중에 끊겼다.

전령은 절망에 가득한 얼굴로 말을 이었다.

"마, 맙소사!"

그 절망은 좌중의 모두에게 전염됐다.

"강기? 구종이 도강을 써?"

"그, 그렇습니다."

"······!"

불을 보듯 새빨갛게 타오르던 얼굴도 강기라는 말에 차갑게 가라앉았다. 그만큼 중대한 사안이었다.

정파면 몰라도 사파는 무공 숙련이 빠르지만, 경지의 벽이 정파보다 높고 두꺼운 것이 특징이다.

정파보다 고수가 적은 이유가 여기에 있다.

정파에서도 화경이 흔하지 않은데, 사파야 두말할 것도 없다.

그리고 불행하게도 묘가검문에는 화경의 고수가 없었다. 문파 내 최고수 묘진각도 초절정이다.

"······."

부들부들!

묘진각의 어깨가 격렬하게 떨렸다. 입술을 깨문 힘이 어찌나 강했는지 입술에서는 피가 뚝뚝 떨어졌다.

"문주."

장로가 걱정스러운 어조로 그를 불렀다.

"알고 있소!"

전선이 어찌 되었을지는 안 봐도 뻔하다.

지금 최전선의 본대에는 고수가 없다. 정예 대부분이 별동대에 편성되어 죽은 묘진배를 따랐던 탓이다.

그에 비해 상대 진영에서는 얼마 전 폭섬사견도 등장했으며, 설상가상으로 묘진배를 비롯한 별동대가 전멸했다.

아마 그 소식에 사기는 나락으로 곤두박질쳤을 터. 이후의 일은 상상조차 하고 싶지 않다.

묘진각은 자리에서 벌떡 일어나 지도가 올라온 탁자를 지나쳐, 막사 밖으로 나가 명령을 내리려 했다.

"지금 당장 퇴각하고 명……령을……?"

"……?"

문주가 말꼬리를 흐리자 장로들이 의아해했다.

이내 장로들도 묘진각을 따라 나왔다가 경악했다.

"허억!"

"도대체 저기서 무슨 일이……?"

분명, 일다경 전만 해도 정상은커녕 중턱 언저리에서 나아가지 못하고 격렬하게 싸우고 있었다.

한데 이게 무슨 일인가. 분명 사기를 잃고 지지부진해야 할 본대가 어느덧 정상에 도착해 있었다.

*　　　*　　　*

묘가검문의 본대는 파죽지세로 진격했다.

"와아아아!"

"쳐라!"

금적금왕!

적을 칠 때는 대장부터 잡아라!

네 명의 고수가 죽자 폭섬도문은 혼란에 빠졌다.

전력이라 할 수 있는 무사들은 대부분 정상의 진지에 가 있었다. 그 탓에 전선의 수비가 형편없었다.

지휘관이자 고수였던 폭섬사견이 사라지자, 남은 건 삼류나 이류 정도의 하수들뿐이었다.

안 그래도 사기가 하늘을 찌를 듯이 높아진 묘가검문의 본대는 이를 눈치채고 신나서 돌격했다.

그 결과 구종이 묘진배의 잘린 머리를 들고 적군에게 알리려 했을 때는 그들이 코앞까지 와 있었다.

"주서천! 주서천! 주서천!"

구종은 적잖이 당황했다.

원래라면 절망해야 할 적군이 그러기는커녕 신나서 한

번도 들어 본 적 없는 이름을 외치는 게 아닌가?

"문주님! 적들이 주변을 포위했습니다!"

저 멀리서 정찰 무사가 다급한 목소리로 외쳤다.

"뭐? 포위?"

방금 전과 반대되는 상황에 구종이 황당해했다.

"주서천은 대체 누구고, 내 자식들은 도대체 어디서 뭘 하는데 저놈들이 여기까지 오게 만든 거야?"

"댁 아들들 말이오? 여기에 있소!"

콰앙!

누군가의 외침에 문이 박살 났다.

산산조각 난 파편이 먼지구름과 함께 바닥을 구른다. 그 탓에 문 바깥에 누가 있는지 잘 안 보였다.

"웬 놈이냐!"

구종이 미간을 찌푸리면서 도를 크게 휘둘러 바람을 날렸다. 그러자 먼지가 걷히면서 모습이 나타났다.

"반갑소! 화산파의 주서천이라고 하오!"

주서천이 어깨에 시체를 매단 채로 답했다.

"네 이노옴!"

구종이 시체를 보자마자 분노했다. 그 목소리가 쩌렁쩌렁하게 울려 퍼지면서 주변을 휩쓸었다.

내공이 약한 자들은 버티지 못하고 고막이 찢어져 괴로

위했다.

"그렇게 너무 나쁘게 생각하지 마시오. 댁 아드님께서 날 죽이려 하여 정당방위로 대항한 것뿐이오."

주서천이 일견과 이견을 바닥에 내려 두었다.

"끄흐으윽!"

구종이 일견과 이견을 보고 비통에 잠겼다.

자식을 잃은 부모의 슬픔이 어느 정도인지는 감히 재 볼 수 없다. 하지만 결코 작지 않을 것이다.

'찾았다.'

주서천의 눈이 구종의 왼손 중지로 향했다.

'틀림없다!'

무림법보, 기사분반!

무당파의 삼대신공 중 양의신공과 동일한 효능을 지녔다는 보물이 눈앞에 있었다.

'수고를 덜었네.'

문파까지 쳐들어가지 않아도 된다.

대신 폭섬도문주를 쓰러뜨려야만 했다.

'성가신 상대를 만났어.'

거도, 구종.

현생뿐만 아니라 전생에서도 들었던 이름이다.

'그나저나 나의 개입으로 인해 역사가 또 바뀌었다.'

시선을 힐끗 돌려 구종 발밑에 떨어진 머리를 봤다. 얼굴을 보니 묘진배가 틀림없다.

'내 기억이 맞다면, 묘진배는 여기서 죽지 않는다.'

이 시기에 일어난 묘가검문과 폭섬도문의 분쟁은 원래의 역사에서도 상당히 유명해 잘 알고 있었다.

칠검전쟁 때도 두 문파는 참가는커녕 관심도 주지 않았다. 그건 정사대전 직전까지도 마찬가지였다.

결국 서로 간에 지겨운 소모전만 하다가 정사대전이 일어났고, 사도천주의 명령에 결국 휴전한다.

'그리고 정사대전을 통해서 화해하게 되지.'

사파끼리 싸울 때가 아니었다.

서로를 죽이지 못해 안달이었던 두 문파는 결국 공통의 적을 두고 함께 싸우다가 정이 들어 화해한다.

하지만 자신의 활약으로 역사가 바뀌었다.

원래라면 서로 기회만 엿보며 소모전을 이어 갔어야 했지만, 주서천의 등장으로 묘진배가 생각을 바꾼다.

공에 눈이 먼 그는 음호사궁이란 신진 고수를 미끼로 삼아서 본대로 내보낸 다음 별동대를 구성했다.

그리고 우회해 습격하려 했지만, 구종에게 수를 읽혀 보기 좋게 당하게 된다.

다른 누구도 아니고 친동생을 잃었으니, 설사 정사대전

에 함께 싸울 일이 생긴다 할지라도 그 한은 결코 잊혀지지 않은 채 영원히 남을 것이다.

구종 역시 직접적인 원수는 주서천이지만, 묘가검문과의 분쟁으로 자식을 잃었으니 오늘의 일을 절대 잊지 않을 것이 분명했다.

'앞으로의 일을 위해서라도 구종을 기필코 죽여야 한다.'

마도팔문 중 일문의 원수가 됐다.

무림은 은원 관계로 돌아가는 세상이다. 문주의 혈육을 죽였으니 앞날이 훤히 보였다.

도망치면 쫓아올 것이고, 숨는다면 찾아낼 것이다.

그 원한은 주변 사람에게도 갈 것이 뻔했다. 그것만큼은 그냥 둘 수 없었다.

"주서천? 주서천! 주서처어언!"

자식들을 잃은 아비가 원수의 이름을 부르짖는다.

"편안하게 죽지는 못할 것이다!"

구종의 눈에는 주서천만 들어왔다.

주변에 누가 있는지는 전혀 상관하지 않았다.

"크아아아!"

정파의 내공심법은 느리지만 안전하다.

사파의 내공심법은 빠르지만 불안하다.

그 좋지 않은 단점이 자식의 죽음으로 나타났다.

고수라고 주화입마나 내상에 자유로운 건 아니다.

감정의 포화를 조절하지 못한 구종은 눈이 벌게진 채로 포효했다. 실핏줄이 터져 피눈물을 흘린다.

크나큰 정신적 충격에 결국 주화입마를 피하지 못했다. 아들을 전부 잃은 건 악몽이었다.

콰앙!

구종이 서 있던 자리에서 폭발이 일어났다.

굉음에 흡, 하고 몸이 긴장된 순간 구종이 몸을 날려 말 그대로 날아와 도를 휘둘렀다.

"이런!"

주서천이 몸을 옆으로 날려 바닥을 굴렀다.

방금 전까지 서 있던 자리에 도가 처박힌다.

쿠앙!

도가 이제껏 본 적 없던 위력을 자랑했다. 분명 베는 것이 중점일 텐데 철퇴를 휘두른 모양새였다.

바닥은 반구형으로 움푹 파이고, 거미줄처럼 금이 쩌적 갔다.

사람이란 틀을 벗어난 힘에 주서천이 혀를 내둘렀다.

"이게 정녕 도법이냐?"

폭섬도법을 대성한 화경이 이리 무서울 줄이야!

"쳐라!"

"문주님께선 이제 도왕(刀王)이시다!"

폭섬도문이 목소리를 높였다.

"도, 도강?"

"화경이잖아!"

반면 묘가검문 측은 분위기가 좋지 않았다. 모처럼 올라 간 사기가 다시 떨어졌다.

화경의 이름은 가볍지 않다. 아군에겐 든든하지만 적군 에게는 그야말로 공포였다.

방금 전까지만 해도 상천십좌를 만나도 물러나지 않을 것만 같았던 기세는 온데간데없고 주춤거렸다.

"갈!"

주서천이 내공을 실어 힘껏 외쳤다. 도가 무학 특유의 정 순한 기가 사파인들의 머릿속을 파고들었다.

마도이세라면 상반되는 성질 탓에 반대로 독이었겠지만, 사파인에게는 그런 나쁜 영향은 없었다.

"거도는 내가 맡겠다!"

검으로 구종을 가리킨다.

"내가 누구라고 생각하느냐!"

아군이 술렁였다.

"으, 음호사궁?"

"그래! 음호사궁이다!"

주서천이 검을 든 채로 고개를 끄덕였다.

"거도는 주화입마에 빠져 있으니 제대로 된 힘을 낼 수 없다!"

그 외침은 아군 모두에게 전해졌다.

"승리가 눈앞에 있다! 싸워라!"

"와아아!"

제일 먼저 반응한 건 그를 따르던 백인대였다.

두 눈으로 직접 무위를 보았기에 믿을 수 있었다.

화경에게 통할지는 의문이었으나, 묘한 흥분이 머리를 가득 채워 생각을 잇지 못했다.

"크아악!"

"커헉!"

의기양양하던 폭섬도문이 비명을 토했다.

"죽어랏!"

第十一章
궁귀검수(弓鬼劍手)

　검과 도가 부딪치면서 불꽃이 튄다. 얼마 지나지 않아 전
장에는 삶과 죽음이 뒤섞였다.

　한편, 주서천은 스스로 자신 있게 말했으나 내심 긴장으
로 식은땀을 뻘뻘 흘리고 있는 중이었다.

　"주서처언!"

　구종이 원수의 이름을 부르짖으며 도를 휘둘렀다.

　그냥 도가 아니다. 강기가 실린 절대적인 도였다.

　저걸 그대로 막는다면 월오삼검이라 불리는 태아조차 얼
마 버티지 못한다. 괜히 강기가 아니다.

　"와라! 거도!"

눈에는 눈!

이에는 이!

'강기에는 강기!'

세상이 느릿하게 흘러간다. 그의 검에도 기가 맺혔다. 형체 없이 넘실거리기만 하던 투명한 실 자락은, 이윽고 겹겹이 쌓여 파도처럼 출렁이다 견고해졌다.

검강을 형성하는 시간은 그야말로 찰나. 그리고 머리부터 가랑이까지 쪼갤 기세의 도와 맞부딪쳤다.

콰콰콰쾅!

구릉 전체에 요란한 폭음이 터졌다.

주변의 공기가 용암처럼 부글부글 들끓었다. 서 있던 무사들은 땅이 뒤흔들리며 균형을 잃었다.

강기끼리 부딪치면서 그 여파가 고스란히 주변으로 전달됐다. 기의 파도가 주변을 집어삼켰다.

'무식한 놈!'

주서천이 속으로 입을 떡 벌리면서 놀라워했다.

검에 전해져 오는 힘이 보통이 아니다. 손잡이를 쥔 손가락이 일순간 떨렸다.

"크아아앗!"

구종이 계속해서 괴성을 지르면서 도를 휘둘렀다.

그 위력이나 속력은 그야말로 폭발적. 고요하다 싶더니

만 갑자기 폭발하는 것처럼 단숨에 쏟아진다.

칼이라고 부르기에는 너무 큰 칼이 몇 번이나 휘둘러진다. 머리 위로 도격이 정신없이 이어졌다.

"흡!"

당황하지 않고 구종의 공세를 침착하게 받아친다.

검강과 도강이 부딪칠 때마다 공기가 펑펑 터졌다.

'과연, 화경!'

주화입마에 빠져 이성이 반쯤 날아간 건 확실한데, 그렇다고 도를 마구잡이로 휘두르는 건 아니다.

도강을 유지하면서 도법에 따라 확실히 움직인다.

몇십 년 동안 축적된 움직임이니 무의식적으로 나올 만했다.

'대단하구나, 대단해!'

싸우면서도 연신 감탄이 튀어나왔다.

화경의 고수와 싸운 게 처음은 아니지만, 일대일은 처음이다. 전생에선 합격진으로 겨우겨우 상대했다.

'강기와 강기의 대결이 이런 것이었나!'

전에 화경에 올랐을 때는 생명을 다했을 때였다.

싸우기는커녕 검법조차 제대로 펼치지 못했었다.

"흐!"

무심코 웃음이 튀어나왔다.

그것은 그동안 알지 못했던 즐거움.

무학에 대한 탐구심을 비롯한 호승심!

"이것이!"

자신도 모르게 흥분된 목소리를 냈다.

쿵쾅쿵쾅.

심장이 성난 황소처럼 날뛴다.

이 기분을 말로 표현할 수가 없었다.

"천하백대고수!"

너무나도 먼 이야기였다.

누구에게도 이름이 알려지지 않은 하수.

매화검수를 동경하던 검수.

어부지리로 얻었던 장로.

"이것이!"

가슴이 벅차오른다. 숨을 제대로 쉴 수가 없었다.

심장의 박동은 머릿속까지 이어졌다.

주변이 보이지도 않았고, 들리지도 않았다.

그 두 눈에 비치는 오직 동수를 이루는 고수였다.

"화경!"

배꼽 아래에 잠든 하단전을 깨웠다. 휴화산처럼 잠들어 있던 내공의 덩어리가 일순간 폭발했다.

환골탈태로 인해 쾌적해진 기맥을 지난다. 탁기가 없으

니 거침이 없고, 그 속도는 전과 비교도 되지 않을 정도로 빠르다. 폭포수처럼 쏟아지는 기 줄기는 쭉쭉 뻗어져 나가 팔을 지나 손에 쥔 검으로 향한다.

근육이 이완되었다가 수축을 반복하다가 이윽고 미약하게나마 부풀어 올랐다.

원래라면 과한 내기가 한꺼번에 주입되면 부서져야 했으나, 새로이 태어난 육신에 한계는 없다.

"우오오오옷!"

"크아아아앗!"

채채채채챙!

철과 철이, 강기와 강기가 몇 번이나 격돌했다.

푸르스름한 빛줄기와 붉그스름한 빛줄기가 몇 번이나 부딪치면서 폭발을 토해 내고 뒤섞여서 날뛴다.

마치 유성의 폭풍우를 보듯, 빛줄기들이 어지럽게 얽힌 궤적을 남기면서 쏟아져 내렸다.

"주서처언!"

구종이 뒤로 물러났다가 도를 크게 휘두른다.

주서천이 검을 세로로 세워 막으려 했다.

"큿!"

도에 실린 공력이 보통이 아니다.

대해와 같은 내공을 지닌 자신이었으나, 폭섬기공으로

몇 배 이상 상승한 신체 능력에 밀렸다.

결국 주서천이 도를 완전히 막아 내지 못하고 뒤로 멀리 나가떨어져 부서진 문의 밖으로 날아갔다.

전장도 막바지다. 구릉 정상에 양측의 전력이 집결했다. 묘진각도 멀리서 확인하고 재빨리 이동했다.

여기에서 패배하면 그 피해를 감당할 수 없었다.

위험하기는 해도 앞으로 가서 지휘가 필요한 상황이었고, 무엇보다 무슨 일이 일어나는지 알고 싶었다.

구릉이 시작되는 부분에 도착했을 무렵, 개미 떼처럼 모여 있던 무사들이 비켜섰다.

아니, 비켜서 있었다는 것이 맞았다.

지면을 밟은 순간에 누군가가 진지에서 튕겨져 나와 포물선을 그렸다.

"도대체 저기에서 무슨 일…… 거, 거도?"

구종이 누군가를 뒤따랐다.

누구나 그를 한번 보면 결코 잊지 못한다. 워낙 덩치가 크다 보니 멀리서 봐도 한눈에 알아봤다.

원수를 보았음에도 분노는커녕 의아함만 나왔다.

"주서처어어어언!"

구종이 이름 한 자 한 자 늘어뜨려 외친다. 그 목소리에는 세상을 삼킬 듯한 증오와 분노로 가득했다.

"주서천?"

처음 들어보는 이름은 아니다.

금세 떠올릴 수 있었다.

"음호사궁? 죽은 게 아니었나?"

"아닙니다. 죽지 않았습니다."

앞의 무사가 뒤돌아보면서 답했다.

"도대체 여기에 무슨 일이 일어나는 게냐?"

"폭섬사견이 음호사궁에게 살해당했습니다."

"뭐라고?"

"그리고 저기에 있는 자가……."

"……!"

구종의 도가 공간을 가르며 날아온다. 주서천은 복근에
힘을 주고 검을 수직으로 추켜올렸다.

채앵!

"아으아아아악!"

구종이 목청껏 소리친다. 원수에게 제대로 된 공격 하나
하질 못했다는 것에 짜증이 났다.

한 번, 두 번, 세 번. 도합 열 번의 참격이 날아왔다. 주
서천도 포효하면서 전부 막아 냈다.

시간이 지났는데도 어째 구종의 공세는 줄어들지 않는다.

"후웁!"

주서천이 숨을 멈추고 순간 눈을 빛낸다. 그동안 막기만 했던 검이 빈틈을 발견하고 어깨를 노렸다.

부욱!

강기가 맺힌 검이 어깨의 옷을 찢어 갈기면서 아슬아슬하게 지나간다. 피부가 갈라지면서 피가 튀었다.

휙!

구종이 몸을 빙글 돌렸다. 원심력이 담긴 도가 반원을 그렸다가 아래를 향해 방향이 직각으로 꺾었다.

도법만 놓고 보자면 형편없었다. 도법이라 할지라도 검법이나 다른 도법에 비해선 정말로 단순했다.

하지만 그만큼 그 빠르기나 위력에 전력을 쏟았고, 결국 그 도에게 공격을 일 회 허용해야만 했다.

푸화악!

좌측 어깻죽지부터 옆구리까지 일 척 길이로 선명한 칼자국이 났다. 불행 중 다행으로 장기는 피했다.

핏물이 튀면서 구종의 상체 근육을 붉게 적셨다.

"크읏!"

주서천이 이를 악물고 고통을 참아 냈다. 회귀 이후로 처음으로 얻은 치명상이었다.

이대로 반격하기에는 자세가 애매하다. 검으로 반격하려 해도 제대로 된 공격은 하지 못할 듯했다.

그래서 다른 수단을 택했다. 주서천은 검 대신 손바닥으로 구종을 후려친 다음에 뒷걸음질 쳤다.

"쿨럭!"

구종이 곧장 따라오려다가 검은 피를 토했다.

'됐다!'

주화입마 상태인 구종의 몸은 결코 정상이 아니다.

기의 순환은 빠른 걸 넘어 폭주하듯이 맥을 헤집었다. 몇 군데는 아예 역류하는 등 난리도 아니었다.

진원진기까지 끄집어내고 있으니 근원 자체가 무너지고 있었다.

이러한 상황에서 독기가 침범하게 되면 어찌 될지는 뻔하다. 해독은커녕 악화되어 망가지기 마련이다.

주서천은 혈도를 짚어 출혈을 막았다.

"간다."

파앙!

아래에서 위를 향해 언덕을 오른다. 아니, 정확히는 도약했다는 표현이 맞다.

구종이 무언가를 느끼고 움직였다. 아직 시커먼 피가 입에서 흘러나오고 있었으나 개의치 않았다.

고통 따위 옛적에 잊었다. 주화입마에서 돌아오지 못하는 화경의 고수는 원수를 죽이기 위해 집중했다.

주서천은 구종과 마주 보면서 전력을 쏟아 냈다.

'자하개벽!'

우르릉!

벽력과 같은 고함이 터졌다. 이에 언덕 주변에서 싸우고 있던 무사들이 깜짝 놀라 비산했다.

위이이잉!

검을 앞으로 쭉 뻗는다. 직선만 그리는 게 아니다. 회오리를 보듯이 무서운 속도로 회전하며 쏘아졌다.

구종이 도신을 보여 검초를 막아 내려 한다.

이윽고 검 끝이 도신을 후려친 순간, 강기의 폭발이 일어나 주변을 쑥대밭으로 만들었다.

"으아악!"

기의 파도가 주변을 슥 훑는다. 차 밭이 뿌리까지 뜯어지면서 날아갔다. 무사들도 바닥을 굴렀다.

'화우선형!'

정면으로 쏠리는 힘을 거두지 않고, 그대로 제이식을 날린다. 회전하던 검이 부챗살처럼 펴져 쏘아졌다.

파스스슥!

구종이 원형으로 된 막을 재빠르게 펼쳤다.

눈에 확연히 보일 정도는 아니었으나, 근접한 자신은 그 정체가 무엇인지 확실히 알 수 있었다.

강기를 막을 수 있는 막은 하나뿐!

'호신강기!'

그것도 몇 배나 증폭된 호신강기다.

주서천은 온 힘을 다해 내공을 끌어냈다. 정말로 오랜만에 바닥이 보일 정도로 힘을 내야만 했다.

그렇지 않으면 이 막을 깨뜨릴 수 없다.

검을 쥔 손에 힘을 준다.

그러자 부채꼴로 펼쳐진 강기 다발이 한데 모였다.

'적하매장(赤霞梅藏)!'

자하검결, 제삼식!

푸르스름했던 것이 구종의 것처럼 붉게 물들었다.

얇은 선이 다발처럼 뻗었던 강기는 이윽고 한곳으로 모이면서 폭포처럼 적을 향해 쏟아져 내린다.

콰콰콰콰!

만년한철과 같은 절대적인 단단함을 자랑했던 호신강기에도 거북이 등껍질처럼 금이 생긴다.

쿠웅!

두 고수가 밟고 있던 지반이 움푹 주저앉았다.

자갈이 뒤섞인 모래가 폭풍우처럼 몰아쳤다.

주변에 있던 무사들 그 누구도 다가가지 못했다.

방금 전까지만 해도 생사를 다투던 이들은 싸우는 것도 잊은 채 초인의 싸움을 멍하니 바라만 보았다.

"하."

철끼리 부딪치는 소리조차 묻히는 폭풍 속.

누군가의 헛웃음 소리가 들렸다.

"도대체 뭐하는 놈이냐."

구종이 물었다.

"화산의 검수다."

주서천이 답했다.

"내 결국 검에 당하는구나. 원통하도다."

구종이 눈을 감으면서 한탄했다.

"독도 있었으니까 너무 그러지 마라."

"원수에게 눈이 멀어 그만 어리석은 모습을 보였군. 네 놈과 제대로 싸우지 못한 게 아쉽구나."

"나도 그래."

"지옥에서 아들들과 네놈을 저주하겠다."

푸욱!

검 끝에서 살을 꿰뚫는 감각이 전해져 온다.

호신강기는 흔적도 남기지 못한 채 사라졌고, 그 검은 흉부 정중앙을 지나쳐 등 뒤를 뚫고 나왔다.

구종은 힘겹게 뜬 눈으로 목소리를 쥐어짜 냈다.

"괴…… 물이 있으니…… 사도천은…… 망했군!"

그 말을 끝으로 구종의 눈에 있던 빛이 꺼졌다.

"……."

모든 것이 끝났을 때, 사람들은 침묵에 잠겨 있었다.

주서천은 구종에게서 기사분반을 회수했다.

혹시나 만약이라는 상황은 없었다.

마도팔문 폭섬도문주 거도 구종

그는 원래의 역사보다 십 년 일찍 목숨을 잃었다.

주서천은 주변을 한 차례 둘러보곤 입을 열었다.

"폭섬도문주는 나, 주서천의 손에 죽었다!"

와아아!

"목숨이 아깝다면 항복해라!"

*　　　*　　　*

폭섬도문은 사도팔문인 만큼 규모가 작지 않다.

구종은 처첩만 해도 열이 넘었다. 폭섬사견을 특히 아낄 뿐이지, 그들 외에 자식이 없는 건 아니었다.

하지만 폭섬사견만큼 무공 등이 걸출한 인재는 단 한 명도 없었다. 대부분이 사도팔문이라는 이름을 등에 업고 온갖 패악을 저지르는 철부지뿐이었다.

병남, 폭섬도문.

"뭐? 문주님이 돌아가셨다고?"

"말도 안 돼!"

폭섬도문은 어제까지만 해도 승리를 의심치 않고 구종의 무사 귀환을 축하하는 잔치를 준비 중이었다.

한데 이게 대체 무슨 청천벽력과도 같은 말인가.

혹시 헛소문은 아닌지 조사해 봤으나 문주를 비롯한 아들 네 명의 사망을 목격한 사람이 너무 많았다.

설상가상으로 주녕에 세웠던 진지가 함락당하면서 패잔병들이 이곳 병남까지 퇴각. 절망적인 상황이다. 그리고 그 소식은 얼마 지나지 않아 강호 무림 곳곳에 퍼졌다.

광동, 사도천.

"허."

사도천주가 기가 막힌 듯 코웃음 쳤다.

그리고 이내 터져 나온 건 분노였다.

"이 미친놈들!"

묘가검문과 폭섬도문에 대한 욕이 튀어나왔다.

사도천주는 자리에서 벌떡 일어나, 서적이 올라온 탁자의 다리를 힘껏 후려치면서 괴성을 질러 댔다.

"누구는 흉마의 무덤 탓에 눈치 보면서 어찌할지 고민하고 있는데, 아군끼리 목에 칼을 꽂아?"

흉마의 무덤의 조사는 사실상 끝났다. 수몰이 너무 심해 어떻게 건질 것도 없었다.

하지만 다들 혹시 모른다는 생각에 흉마의 무덤에서 대기하고 있었고, 그 탓에 신경을 써야만 했다.

"으아아악!"

오늘 일로 사도천만 빼고 전부 득을 봤다.

그렇지 않아도 사파는 고수가 별로 없는 게 흠이다.

한데 훗날 전쟁이 일어나면 활약할 고수가 죽었다.

아니, 고수 외에도 양측의 피해가 워낙 컸다.

그만큼 두 문파 간의 분쟁이 상당히 길었다.

"폭섬도문은 끝이다."

폭섬도문의 가계는 대부분이 꼴통뿐이다. 멀쩡한 사람이라곤 문주와 무공이 뛰어난 아들 넷이었다.

설상가상으로 이름을 날린 가신들도 묘가검문에 붙잡혔다. 이제 폭섬도문을 제대로 이끌 자는 없었다.

중심을 잃었으니 무너지는 건 당연하고, 무엇보다 낭인들을 대거 고용하느라 돈도 상당히 소모했다.

원래라면 묘가검문을 쓰러뜨려 부족한 자금을 채울 생각이었지만, 완패했으니 헛된 희망으로 변했다.

"정파에서는 문파가 힘이 없으면 도태되어 천천히 몰락의 길을 걷지만, 사파에서 힘이 없으면 잡아먹히지. 폭섬도문은 주변 사파에 의해서 하나부터 열까지 빼앗길 것이다."

문제는 그다음. 누가 폭섬도문을 대체하느냐.

대체할 곳이 없다면 앞으로의 싸움이 힘들어진다.

안 그래도 적지 않은 일이 기하급수적으로 늘었다.

"애초에 별 하찮은 연유로 분쟁까지 간 것이 정말로 한심하기 짝이 없구나. 자고로 사도라 하면 결국 힘이 아니라 살아남는 자가 강자인 것을……."

사도천주가 혀를 차면서 두 문파를 욕했다.

"한데, 구종이 화경의 고수였다면 누가 그를 죽였지? 내 아까는 흥분해 보고를 제대로 듣지 못했다."

"주서천이라는 자입니다."

"주서천? 처음 듣는 이름이군."

"폭섬도문이 패한 건 그자 때문이라고 말해도 과언이 아닙니다. 원래는 묘가검문에 낭인으로 고용된 자인데, 특이하게도 활을 사용해 참전했습니다."

"활?"

사도천주가 해괴한 걸 들었다는 듯 얼굴을 구겼다.

안휘(安徽) 합비(合肥) 무림맹(武林盟).

"활?"

노인치곤 장대한 몸집을 지닌 무인이 되물었다.

"예, 맹주님."

상천십좌(上天十座) 검성(劍成).

남궁위무(南宮威武).

대여섯 살 먹은 어린아이부터 속세와 연을 끊은 은거 기인까지. 무림에서 검성의 이름을 모르는 사람은 없다.

그도 그럴 것이, 오대세가 중 남궁세가의 전대 가주였으며 지금의 무림맹주(武林盟主)이기에.

"설마 궁술로 구종을 죽였다는 겐가?"

"그건 아닙니다."

부군사, 지룡 제갈상이 머리를 좌우로 흔들었다.

"전장에 처음 나타났을 때는 귀신같은 활 솜씨로 싸워 음호사궁이라는 별호를 얻었으나, 폭섬사견과 싸울 때부터는 검으로 대응했다 합니다."

"호오."

"거종 역시 결국 그자의 검에 당했고, 지금은 음호사궁이 아니라 궁귀검수(弓鬼劍手)라고 불립니다."

"자세히 말해 보게."

남궁위무가 흥미롭다는 듯이 눈을 빛냈다.

제갈상은 개방도가 수집해 온 정보와 보고를 간추려서 설명했다. 흘려도 되는 이야기가 없어서 좋았다.

소문이 나고 얼마 지나지 않아 별호가 바뀌었다.

"약관으로밖에 안 보였다고?"

남궁위무가 놀란 듯 눈을 동그랗게 떴다.

"예, 그렇습니다."

"부군사(副軍事) 생각은 어떠한가?"

"밝혀진 바에 의하면 폭섬도문주는 화경의 고수. 다수도 아니고 홀로 싸웠다 하니 궁귀검수 또한 화경일 것입니다. 아마 상승의 경지에 들어서면서 젊어진 것이 아닐까 합니다."

"하하하, 과연 군사가 추천할 만한 후계로군. 괜히 후기지수 중 지룡으로 불리는 게 아니야."

"아직 부족합니다만, 맹주님께서 그렇게 칭찬해 주시니 감사할 따름입니다."

제갈상이 칭찬을 겸허히 받아들였다.

"화경 정도 되면 확실히 젊어지긴 하지만, 그걸 감안하더라도 어린 편이니 확실히 대단하군. 아마 삼십에서 사십 사이일 걸세. 사도천주가 폭섬도문을 잃었으나, 그래도 인재를 얻었군그래."

남궁위무가 입맛을 다시며 아쉬워했다.

서른에서 마흔 정도에 화경에 오를 만한 무재는 정파, 아니 전 무림에서도 몇 없다.

"그에 대한 정보는 또 없는가?"

"화려하고 다채로운 변검(變劍)을 구사한다는 것밖에는 아직까지 정보가 없습니다. 안타깝게도 그 외에 사문 등에 대해서는 근거 없는 소문만 돌고 있어 파악이 어렵습니다."

"설마하니 이름도 파악하지 못했나?"

"다행히도 이름은 건졌습니다. 주서천이라 합니다."

"주서천? 어디서 들어 본 이름인데……."

남궁위무의 미간에 깊은 고랑이 파였다.

"화산파에 주서천이 있습니다."

제갈상이 수림구채를 덧붙였다.

그도 처음 궁귀검수의 이름을 들었을 때는 조금 놀랐지만, 금세 동명이인이라 생각하면서 넘겼다.

주서천이라는 이름이 아예 없는 것도 아닌 데다, 비록 그가 과거에 인재였다곤 해도 폭섭도문주와 맞대결을 할 정도로의 고수는 아니었다.

의심조차도 안 갔다.

"과연, 신기한 우연이로군."

궁귀검수 주서천은 사파의 무사로서 고용됐다. 그리고 서기관이 그 이름을 누락시켰다.

그 탓에 출신이 잘 알려지지 않았고, 주변에는 화산파의 이십사수매화검법을 알아볼 고수도 없었다.

거기에 화산파의 제자가 활을 쏜다는 건 들어 본 적도, 본 적도 없었다.

사파의 고수, 궁귀검수의 탄생 비화였다.

＊　　　＊　　　＊

묘가검문은 전투 이후 승리의 일등 공신인 궁귀검수부터 찾았다.

그만한 고수가 낭인으로 고용됐다는 사실을 알자마자 이번 기회에 어떻게든 포섭할 생각이었다.

그러나 그들이 주서천을 찾아 나섰을 때는 이미 늦은 후였다. 왜냐하면 그는 기사분반을 얻자마자 남창으로 떠났기 때문이다.

뒤늦게 그가 속해 있던 백인대에 물어보고, 사람을 풀어 조사해 봤지만 끝내 찾지 못했다.

한편, 남창으로 향하는 주서천은 손에 쥔 기사분반을 이리저리 살펴보면서 어이없어하는 중이었다.

"폭섬도문도 참 알다가도 모를 놈들이군. 사문의 무공을 최고라고 믿는 건 좋은데, 그렇다고 이런 법보를 그저 장식으로밖에 쓰지 않다니 말이야."

도가 제일이라고 떠들어 댄 건 구종뿐만이 아니다.

폭섬도문 역대 문주 외에도 문도들 전부 그랬다.

동시에 타 무공을 사용할 수 있게 해 주는 법보가 있으면 뭐하나. 어차피 도법 외에는 관심도 없었다.

관심이 점차 줄어들자, 세월이 흐르면서 어이없게도 기사분반조차 점차 잊혀졌다.

"전생에서도 이 법보 탓에 목숨을 잃었었지."

폭섬도문은 정사대전이 끝날 무렵 멸문지화를 맞이하게 되는데, 이는 기사분반을 노린 암천회 탓이었다.

암천회는 법보에도 관심을 보였고, 조사 도중에 기사분반의 정보를 얻어 구종을 찾아가 살해한다.

현생에서도 그랬지만, 전생에서도 폭섬도문은 기사분반을 끝까지 사용하지 않았다.

'그들에게 도법이 최고라는 자부심은 지고의 보물보다도 중요했던 것일까?'

도에 대한 자부심만큼은 마치 정파와도 같았다.

원래 사파란 게 수단은 그다지 중요하게 여기지 않는다.

검이건 도건 살아남는 걸 우선으로 삼았다.

괜히 정파와 마찰을 빚는 게 아니다. 그런 의미에서 사파
치고는 정말로 보기 드문 문파였다.

"그들과 함께하기에는 성향이 너무 과해."

폭섬도문은 전생에서도 문제였다.

도에 대한 자부심이나 고집이 워낙 강했던 탓에, 사파는
당연하고 정파의 문파 모두 싸잡아 욕했다.

심지어 같은 도법을 쓰는 하북팽가에게 정파의 도법은
형편없다고 욕까지 했으니 말 다했다.

"이런, 독봉과 검마가 기다리느라 목 빠지겠군. 하루라
도 빨리 가야겠어."

남창.

맥을 짚자마자 새로운 감각이 느껴진다.

정말로 사고가 둘로 나뉜 듯, 한 몸에 두 사람분의 영혼
이 들어간 것처럼 신기한 기분이었다.

이 기분에 빠져들 듯했으나, 본래의 목적을 상기하곤 거
기에 집중했다.

정신을 집중하고 깊숙하게 파고드니 독기가 겨우 느껴졌
다. 십사 년이란 시간 동안 숨어 있던 독이다.

해독도 하지 않은 채 기맥에 완전히 달라붙었으니 몸이

이상을 일으키지 않으면 그게 더 이상하다.

당혜는 기사분반의 힘을 빌려, 독기를 얇게 떠서 겨우겨우 분리시켰다.

이 간단한 행동조차 한나절 이상이 걸렸다.

당혜 정도 되는 독공의 고수가 아니라면 시도조차 하지 못했을 것이다.

"……후우."

모두가 잠든 늦은 시각.

당혜가 안도의 한숨을 내쉬며 손을 거두었다.

"따, 딸은 어떻게 됐는가?"

끝나기 무섭게 뒤에 서 있던 무곡이 물었다.

해독을 시작한 뒤로 당혜의 수발을 들어 주면서 결코 곁을 떠나지 않았다.

"무사히 성공했어요."

"그게 정말인가……!"

"네. 그녀에게 숨어 있던 독기를 전부 빼내서 제가 받아 들였어요."

"넌 괜찮은 거야?"

주서천이 물었다.

"날 누구라고 생각하는 건지 벌써 잊어버린 모양인데, 구멍 뚫린 뇌를 가까운 시일 내에 치료하는 게 좋을걸. 독이란 건 곧 나에게 힘이고 내공이란다."

순도도 제법 괜찮아 얻은 내공이 기대 이상이었다.

당혜의 시선이 다시 검마로 향했다.

"독은 전부 제거했지만, 그만큼 몸이 약해져 있으니 당분간 조심하는 게 좋아요. 영약을 복용시키는 것도 나쁘지 않고요. 그렇다고 갑자기 무식하게 정말 좋은 걸 주지는 말고, 약한 것부터 복용시키세요. 그리고 전 의학을 전부 아는 건 아니니까, 가까운 시일 내로 의원을 불러 꼭 진찰해 보도록 하세요."

검마는 고개를 끄덕이면서 당혜의 말을 명심했다.

그 눈에는 물방울이 그렁그렁 맺혀 있었다.

"아버⋯⋯님⋯⋯?"

"선화야!"

쥐어짜 내듯이 흘러나온 목소리에, 검마가 벌떡 일어나서 누워 있는 딸에게 다가갔다.

혹시라도 딸이 잘못되진 않을까 만져 보지는 못하고 그저 내려다보면서 어쩔 줄 몰라 했다.

"과하지 않으면 포옹해도 괜찮아요."

"끄흐흑⋯⋯!"

훗날, 전 무림을 공포에 빠뜨렸던 검의 마귀.

그저 아비일 뿐인 그는 딸을 안은 채 어린아이처럼 엉엉 울었다.

그 울음소리에 무선화는 깜짝 놀란 표정을 짓다가, 이내
부드럽게 웃으며 등을 토닥여 줬다.

第十二章
칠검전쟁(七劍戰爭)

"그래서, 기사분반은 어디에서 얻은 거야?"

"주웠어."

"장난칠 마음 없으니 이실직고하도록 해."

당혜의 눈이 독사처럼 무섭게 빛났다.

'이러다가 칼침 맞는 거 아닐까?'

독기를 넘어선 살기까지 느껴졌다.

"그거 마음에 들었어?"

주서천이 히죽 웃었다.

당혜는 답하지 않고 가만히 있었다.

"하긴, 법보를 보고 눈이 안 뒤집히면 이상하지."

폭섬도문이 이상한 것이었지, 보통 무림인이라면 기사분반을 보고 눈이 뒤집힌다.

단점이 아예 없는 건 아니다. 동시에 두 가지 무공을 쓸 수 있는 만큼 내공의 소모도 배로 든다.

거기에 사용하고 싶은 무공의 수련도 필요하니 노력이 필요 없지 않은 것은 아니었다.

하나 그걸 감안하더라도 충분한 가치가 있는 법보다.

"이보게, 당 소저. 괜찮다면 그거 가져도 좋네."

주서천이 과장하며 웃었다.

"징그러우니 그 웃음 다시는 짓지 않으면 좋겠는데……그것보다, 무슨 속셈?"

"뭐가?"

"알잖아."

당혜가 손바닥을 펼쳤다. 왼손 중지에 착용한 기사분반이 보였다.

"강호행."

"……?"

"네 힘이 더 필요하다."

당혜가 말없이 주서천을 바라보기만 했다.

"전에 세가에 있을 때, 독왕께선 네 강호행에 반대하시지도 않았고 불만이 있어 보이지도 않았지."

"관심 없는 척하더니만 나나 아버님을 그리도 쳐다보고 있던 거야? 기분 좀 나쁘네. 변절자나 다름없는 시선을 거두어 줬으면 좋겠어."

　"내 곁에 있어 달라는 건 아니니까. 그저 필요할 때 일 좀 도와 달라는 거지. 어때?"

　당혜가 입을 다물었다. 평소의 독설도 나오지 않았다. 잠시 눈을 감고 생각에 잠긴다.

　지금 당장 결정할 수 있는 사안은 아니었다.

　"……하루만 시간을 줘."

　"좋아."

　신뢰할 수 있는 사람의 힘이 필요하다. 그렇기에 기사분반을 미끼로 삼아서 당혜를 유혹했다.

　오룡삼봉이자 사천당가의 힘이 있다면 앞으로의 싸움에 든든하다.

　주서천 자신이 사용해도 나쁘지는 않지만, 어차피 다른 법보에 대한 정보도 알고 있으니 상관없었다.

　"주서천."

　문이 열리고 무곡이 들어왔다.

　"따님께서는 어떻습니까?"

　방 안에서 차를 마시던 주서천이 묻는다.

"괜찮다. 지금은 잠들었다."

무곡이 방문을 닫고 들어와 마주 앉았다.

"다행입니다."

주서천의 목소리에서 진심이 느껴졌다.

그렇지 않으면 검마와의 관계도 끝이니까.

잠시 침묵이 이어지고, 검마가 먼저 입을 열었다.

"자네가 기사분반을 얻기 위해 떠났을 때, 주서천이라는 자가 대체 뭐하는 자인지 조사해 봤다."

주서천의 등장은 누가 봐도 수상쩍었다.

아무리 독봉과 함께여도 의심이 갈 수밖에 없다.

생전 보지도 못하고 알지도 못하는 무인이 갑자기 독봉을 은신처로 데려오더니, 딸을 치료하겠단다.

"화산파의 사대제자, 주서천. 소유검 유정목의 제자. 연화각 출신에 강호 초출 때 수림구채의 습격에 행방불명되었다가 생환함. 이후 최근에 강호에 다시 출두하여 독봉과의 내기에 두 번이나 승리했지."

주서천은 아무 말도 하지 않았다.

"듣자 하니 독봉은 나에 대해 전혀 몰랐다고 하고, 내기 자체도 내 딸에 대한 치료를 위해서라 하더군."

그 이야기를 했을 때 정말로 많이 놀랐다.

전혀 모르는 사람이, 왜 이렇게까지 하는가?

온갖 의문과 추측만이 난무했다.

"사람이 필요합니다."

"무엇을 위해서?"

"세상 좀 구하려고."

미친놈 취급받기 딱 좋은 말이다.

하지만 무곡은 달랐다.

"어째서 나인가?"

"당신이 필요하니까."

무곡은 자리에서 일어났다. 키가 워낙 크다 보니 고개가 꺾일 정도로 높여야 겨우 얼굴을 볼 수 있었다.

이내, 스릉 하고 검이 부드럽게 뽑혀 나왔다.

주서천은 피하지 않고 무곡을 올려다본다.

"그대가 나를 어떻게 찾아왔는지는 모르오."

제자리에 천천히 앉아 검을 수평으로 눕힌다.

"하나 그딴 건 상관없소. 중요한 건 그대가 나를 필요로 했던 것이고, 내 딸을 구한 은인이라는 거요."

주서천이 독봉을 데려오지 않았더라면, 기사분반을 찾아오지 않았다면 딸이 눈을 감았을지도 모른다.

수많은 의원을 데려왔다.

그 누구도 웃어 주는 자가 없었다.

모두가 고개를 절레절레 흔들었다.

손을 잡아 주며 의미하게 웃는 딸아이를 볼 때마다 가슴
이 찢어졌다.

아내를 잃었을 때의 고통이 계속해서 이어졌다.

오래전, 그녀에게 약속했다.

딸아이를 책임지겠다고.

하지만, 그 약속은 지키지 못했다.

여태껏 수련해 온 무공이 전부 무의미했다.

딸을 구할 수 없는, 의술을 모르는 자신이 미웠다.

절망했고, 또 절망했고, 절망했다.

"나, 무곡이 이름을 걸고 맹세하겠소."

그렇지만 포기하지 않았다.

"그대가 천하를 지배하려 한다면 그리 만들어 주겠소."

분명 무슨 수가 있을 거라고 굳게 믿었다.

"그대가 천하를 죽이라 한다면, 죽이겠소."

아비가 자식을 포기할 수 있겠는가.

"그대가 천하를 살리려 한다면, 살리겠소."

그리고 희망은 곧 기적이 되어 돌아왔다.

"지옥에 가라 하면 능히 웃으며 지옥에 갈 것이고, 영혼
을 달라 하면 내 기뻐하며 드리겠소. 설사 내가 죽는다 할
지라도, 그대가 날 필요로 한다면 염라대왕 목에 검을 꽂고
돌아와 주서천을 돕도록 하지."

무곡이 검 앞에 무릎을 꿇어 고개를 숙였다.

"내 딸아이를…… 선화를 구해 줘서 정말 감사하오!"

검마, 무곡.

그의 운명이 바뀐 순간이었다.

*　　　*　　　*

여름이 지나간다.

무더위가 사라지고, 쌀쌀하게 느껴질 바람이 불었다. 푸른색 대신 알록달록한 단풍이 자리 잡았다.

"자네, 그 소식 들었나?"

"폭섬도문 말이지? 결국 멸문했다더군."

"예상한 바가 아닌가. 별로 놀랄 것도 없지."

폭섬도문이 패배하자, 온갖 승냥이들이 달려들었다.

중심을 잃은 문파가 괴멸하는 데는 순식간이었다.

가신들 몇몇은 타 문파의 회유를 받아 배신했다.

남아 있는 재산을 훔쳐 달아나거나, 혹은 정보를 주변 문파에 팔아넘겼다. 참으로 씁쓸한 최후였다.

"사도팔문은 이제 사도칠문이겠군."

"그 자리를 누가 차지할지 궁금한데?"

"어쩌면 그대로 사라질지도 모르지. 사파잖나."

사파는 정파와 다르게 역사가 짧다.

무림맹이나 구파일방은 세월이 흘러도 굳건한 반면, 사도 연합체의 경우는 시대마다 모습을 바꿨다.

그 구성원들도 마찬가지. 약자는 도태되어 사라지고 강자는 남는 게 무림이 아닌가.

한편, 칠대 세력이 모인 흉마의 무덤에선 불온한 움직임이 감지되고 있었다.

"……!"

돌무더기를 치우던 무사가 손을 움찔 떨었다.

그 눈에 비치고 있는 건 누렇게 물든 고서였다.

무사는 잠시 주변을 슥 둘러보니, 근처에 아무도 없다는 걸 확인하고 고서를 품 안에 숨기려 했다.

"그만."

서슬 어린 목소리가 들리면서 차가운 검신이 목에 닿았다. 조금만 움직여도 목이 날아갈 상황이었다.

"죽고 싶지 않으면 내놔라."

머리 뒤에서 악의가 뒤섞인 살의가 느껴졌다

"너야말로 죽고 싶지 않으면 그 검 치우는 게 좋을 것이다."

사도천의 고수, 산화일장(散花一掌)이 말했다.

"네놈, 내가 누구인지 모르나 보군."

"화상 자국에 대머리면 염화살마(炎火殺魔)인가. 사람을 태워 죽이는 걸 기뻐하는 이상성욕자라지?"

"얼마 전에 네놈과 같은 말을 했다가 타 죽던 놈이 생각 나는군. 그 비명이 어찌나 계집애 같던지!"

염화살마가 음산하게 웃어 댔다.

"갈! 둘 다 진정하게!"

상명진인이 소란을 듣고 한걸음에 달려왔다.

분위기가 심상치 않게 돌아가고 있었다.

"나에게 이래라저래라 하지 말라, 늙은이."

"이상성욕자 말대로요. 설마하니 장문인이라고 대우해 달라는 건 아니겠지? 그런 일은 없을 거외다."

산화일장이 코웃음 치면서 적의를 보였다.

"건방진 놈들!"

곤륜파의 무인이 그걸 듣고 격분했다.

"그만!"

상명진인이 소리쳐서 분란을 막았다.

"다들 조사가 장기화되어 지쳐 있을 뿐일세. 이렇게 싸울 이유는 어디에도 없지 않은가. 그리고 우리는 일시적이나 무림 공적을 앞에 둔 아군이 아닌가. 종료되기 전까지는 싸우지 말게. 마교 교주와 사도천주 역시 그리 말하지 않았나?"

"쯧."

"흥!"

산화일장이 혀를 차고, 염화살마가 콧방귀를 꼈다.

"이보게, 자네."

상명진인이 고서를 품에 안은 무사를 불렀다.

"괜찮다면 그게 무엇인지 보여 주지 않겠나? 사람이란 응당 욕심을 부리기 마련이니, 한순간의 실수는 내 이름을 걸고 용서해 줄 테니 걱정하지 말게나."

허튼짓을 하지 않도록 사전에 선수를 쳤다.

불가 무학만큼은 아니어도 도가 무학은 남의 불안한 정신을 안정시키고, 맑게 해 주는 신묘한 힘이 있다.

다만 마교도나 혈교도는 성질이 반대되기에 힘이 나기는 커녕 불쾌한 듯, 미간을 찌푸렸다.

"아, 알겠습니다."

신원 불명의 무사가 품 안에서 천천히 고서를 꺼냈다. 주변의 시선 모두가 그가 쥔 손으로 향했다.

그리고 표지가 바깥으로 나온 순간.

서걱!

무사의 머리가 허공으로 떠올랐다.

"막앗!"

산화일장의 손바닥이 정면을 향해 날아간다. 별호에 어울리듯, 장풍이 흩어지며 사방으로 뿜어졌다.

"평화는 끝이다!"

무사의 목을 벤 염화살마가 검을 휘두르자, 열풍이 뿜어져 나와 날아온 장풍과 부딪쳐 폭발했다.

"하필이면……!"

상명진인이 한탄했다.

"혈근경이다!"

산화일장이 주변에 똑똑히 들으라는 듯 외쳤다.

"혈승의 비급이다!"

칠검전쟁의 시작을 알리는 말이었다.

연못 위, 잉어가 힘차게 튀어 올랐다가 떨어진다.

그 앞에 서 있던 독봉은 마치 한 폭의 명화와 같아서, 남자들은 전부 넋을 잃은 채 멍하니 바라보았다.

독봉이 등을 보인 채로 왼손을 하늘을 향해 뻗는다. 그 손은 햇살에 가려져 잘 보이지 않았다.

"미리 말하지만 말이야."

당혜가 무덤덤한 어조로 말한다.

"난 남자를 빛나게 할 장식물 따위가 될 생각은 없어. 만약 혹시 모를 달콤한 상황을 기대하고 있다면, 그 생각은 접도록 해. 그딴 일은 결코 없을 테니까."

주서천은 아무 말도 하지 않았다.

그저, 그 뒷모습을 바라보기만 할 뿐이었다.

"한 가지만 물어볼게."

"그래."

"뭘 할 생각이야?"

당혜가 손을 내리곤 등을 돌려 주서천과 마주 본다.

"음……."

주서천은 고민에 빠진 듯 눈을 감았다가.

"일단 나부터 구해 보고."

다시 눈을 뜨며 웃었다.

"겸사겸사 무림도 구해 보려고."

"흥."

당혜가 코웃음을 쳤다.

뒷짐을 쥔 그 손에는.

확실히, 기사분반이 있었다.

*　　　*　　　*

강호 무림에 걷잡을 수 없는 폭풍우가 몰아쳤다.

"혈근경?"

흥마의 무덤을 조사하다 혈승이 나왔다.

전혀 예상하지 못한 결과였다.

그리고 그 결과는 혼란을 불러들였다.

"그건 본 교가 가져가겠다."

혈근경은 육대금공이 아니다. 즉, 나인성공처럼 누가 소유한들 공적으로 여겨지지는 않는다.

소림사에게는 역적 취급받아 영원히 쫓기겠지만, 정파 외의 세력에겐 상관없는 문제였다.

"헛소리!"

사파도 혈근경에 욕심을 냈지만, 마교와는 다르게 연공하려는 목적이 아니라 이익을 내기 위함이었다.

혈근경은 마공. 그걸 수련한다면 사파인이 아니라 마도인이다. 그들도 마공을 배우지는 않는다.

다만, 혈근경을 손에 넣는다면 타 문파에게 팔아넘기거나 원하는 것과 교환하는 등의 방법이 있었다.

예를 들어 치욕으로 치부되어 어떻게든 없애려 들 것이 뻔한 소림사에게 조건을 제시한다면 이득을 벌 수 있었다.

정파의 경우는 소림사와 같다. 마공을 누구도 수련하지 못하도록 봉인하거나, 없애 버리기를 원했다.

삼대 세력 전부가 손에 넣을 수 있기에 이런 일이 벌어졌다. 흉마의 무덤 조사는 진작 끊겼다.

"이대로 있다가는 전쟁이 벌어질 거요."

남궁위무가 각 세력의 수장에게 서신을 보냈다.

아직 서로 전쟁을 바라지 않으니, 중재가 필요하다는 내용이었다.

사도천주가 제일 먼저 수긍했다. 폭섬도문을 잃고 아직다 정리되지 않은 입장에선 환영할 일이었다.

"하면, 혈근경은 어찌할 생각인가?"

서신을 보내기 전, 남궁위무가 제갈상에게 물었다.

"확실히 내버려 둘 수는 없는 노릇이지요. 그렇다면, 소유주를 가리기 위한 지역 전쟁은 어떻습니까?"

"지역 전쟁?"

"예. 마침 흉마의 무덤 탓에 무림맹과 사도천, 그리고 마교가 산서에 집결해 있습니다. 또한 그들은 어중이떠중이들이 아니지요. 각 세력에서 고민한 끝에 보낸 사람들이니, 그 인원대로 싸워도 불만이 없을 것입니다."

"추가 지원은 금할 생각이군그래."

"예. 병력이 추가될수록 규모가 커지고, 그러다 결국 전쟁으로 번질 것입니다. 만약 불만이 제기되면 인원을 제한해서 받으면 그만입니다. 조금 거친 방법이긴 하나, 전쟁보다는 낫지요."

"과연, 지룡!"

혈근경의 소유주도 가릴 수 있고, 전쟁도 막는다.

마교는 조금 달갑지 않은 눈초리였으나, 무림맹과 사도

천의 의견이 너무 잘 맞아 따르기로 하였다.

참고로 분쟁 전에 혈근경의 진위 여부는 소림사와 마교가 확인했다. 혈근경 자체가 원래 역근경에서 파생된 것이니, 소림사의 감정이 필요했다.

"감정을 하는 건 어려운 일이 아닙니다만, 소림사 역시 참전하기를 희망하는 바입니다."

혈근경은 소림사의 치부 자체다. 누구보다 혈근경을 손에 넣어 봉인하고 싶은 건 소림사였다.

"불허합니다."

후계 양성에 힘을 쓰던 무림맹 군사까지 나섰다.

괜히 북두소림이라 불리는 게 아니다. 정파 무림 최고 전력이 나서게 된다면 규모가 커질 수밖에 없다.

그렇다고 소림사의 은원 관계를 무시할 수는 없었고, 이를 진정시키려고 조건을 제시했다.

"대신, 무림맹이 승리할 경우 혈근경을 소림사에 양도하겠습니다."

곤륜파, 태산파, 숭산파, 항상파, 남궁세가도 군말하지 않고 승낙했다.

애초에 곤륜파는 흉마의 무덤에 관심이 있는 거였고, 그 외에는 공과 명성이었다. 최후에 혈근경을 손에 넣는다 해도 어차피 봉인하거나 없앨 예정이었으니 소림사에 양도해도 별 상관없었다.

"지금 당장 산서의 흉마의 무덤에서 일어나는 분쟁은 전부 중지하도록 하시오."

역사라는 이름의 굴레.

"소림사에서 감정사가 보내지기 전까지 무림맹, 사도천, 마교의 경비가 혈근경을 눈에 잘 보이는 곳에 두고 함께 경비합니다. 감정 이후, 정확히 보름 뒤 혈근경을 둔 전쟁을 시작하겠습니다."

미래에 있을 그 굴레는 사뭇 달랐으나, 결국 동일한 이름을 지닌 굴레가 다시 구르기 시작했다.

*   *   *

주서천은 무곡에게 산동으로 이사를 제안했다.

"그리하겠소."

그동안은 돈벌이 수단으로 강서에 머물렀다. 하지만 이제 그럴 필요도 없어졌으니 미련도 없었다.

게다가 주서천이 보다 안전한 곳을 소개시켜 준다고 하니 거절할 이유가 없었다. 딸을 목숨보다 아끼는 아버지 입장에선 쌍수를 들고 환영할 일이었다.

장소는 산동. 금의상단이 있는 곳이다.

"며칠 뒤에 상단주가 사람을 보내올 거요. 실력 좋은 의원과 시중을 들 하녀들과 호위 무사도 보내 준다 하였으니, 편안하게 이사하실 수 있을 겁니다."

"신경 써 주셔서 고맙소. 산동에서 딸아이의 안전이 확인되면 내 언제든지 주군이 있는 곳으로 달려가겠소."

"너무 과한 호칭입니다. 주 공자면 됐습니다."

"그리하겠소."

주서천은 여장을 챙겨 출발할 준비를 맞췄다.

"저……."

떠날 때 즈음, 무선화가 주서천을 찾았다.

"이런, 무슨 일로 나오셨습니까? 아직 몸이 좋지 않으신데 나오시면 안 됩니다."

주서천이 무선화를 보고 걱정했다.

"아니옵니다. 소녀의 목숨을 구해 주신 은공께서 떠나신다 하는데, 어찌하여 가만히 있겠습니까. 비록 몸이 약하다 할지라도 배웅을 나가야 하는 것이 마땅한 도리이옵니다."

무선화는 양갓집 규수처럼 정중하고 몸짓 하나하나가 단아하여 보는 사람이 감탄했다.

어릴 적부터 몸이 좋지 않았고 거동도 힘들었던 사람이 저러기는 불가능한데, 아무래도 타고난 듯했다.

어투야 밖을 나가지 못해 서적만 읽었다고 하니 이해가

안 가는 건 아니다.

"언제나…… 아버님이 걱정이었습니다."

전광검귀라는 별호를 듣고 마음이 아팠다.

다른 누구도 아닌 자신을 위해서 전장을 돌아다니고, 돈에 미쳤다면서 손가락질을 당하기 일쑤였다.

그리고 자고 있을 때 자신의 손을 쓰다듬어 주며 흐느껴 울던 게 아직도 기억에 선명했다.

"은공. 다시 한 번 인사드리옵니다. 아버님을 고통 속에서 해방시켜 주셔서 감사하옵니다."

무선화가 치마 끝을 올려 예의 바르게 인사했다.

"……."

그 무뚝뚝하고 살벌하던 무곡조차 지금은 부드럽게 웃었다. 눈이 글썽이는 듯했다.

"그렇게까지 말씀해 주시니 부정하기도 어렵군요. 바람이 찬데 배웅을 나와 주셔서 감사합니다. 다음에 다시 뵙겠습니다."

주서천도 공손한 인사로 답했다.

일행은 남창을 떠나 산서로 향했다.

"나와의 대화 때도 말 좀 곱게 쓰지 그래."

"이불인(你不仁), 아불의(我不义). 가는 말이 고와야 오는 말이 곱다 하지 않았나."

"네 이놈! 아가씨에게 말대꾸를 하다니!"

원대식이 기다렸다는 듯이 화를 버럭 냈다.

"그리고 얼렁뚱땅 넘어간 것 같지만 전광검귀와의 관계는 또 무엇이고 기사분반 정도나 되는 법보의 출처는 어디야?"

당혜가 집요하게 묻는다.

다 끝난 일인데 그걸 또 물어야 하나, 라고 중얼거리자 당혜가 눈썹을 치켜떴다.

"자고로 일에는 인과(因果)라는 것이 있고, 그것에 얽혀 있는 장본인이라 하면 응당 호기심을 갖는 법. 나는 거기에 대해서 알 권리가 있다고 생각하는데."

"무곡에 대한 사정은 별거 아닌데."

"뭔데?"

"금의상단주와 그럭저럭 연이 있다는 건 이야기했나?"

"그래."

"상단주는 인재를 찾아내서 포섭하는 데 귀신같은 능력을 지니고 있고, 그 혜안을 빌려 상단주 대신에 내가 무곡을 포섭한 것뿐. 그 이상 그 이하도 아니야."

대문파의 제자가 강호행에 나서 훗날을 위해 연을 쌓아 두는 건 흔한 일이다. 이상할 건 없다.

"사파인을?"

다만 보통은 정파인들끼리만 교류한다. 무곡처럼 돈에 환장했다는 자는 보통 멸시하기 마련이었다.

그런 사람과 친해진다면 손가락질을 받는다. 무림인은 사람을 사귀는 것에도 여러모로 신경 쓸 게 많은 법이다.

"마도인만 아니라면 그럭저럭 대화가 통하니까. 살아가는 데 있어 사파인 벗도 나쁘지 않지 않나?"

마도이세의 경우는 조금 예외다. 그들은 마공을 연공한 탓이었다.

마공이란 건 기본적으로 정사의 무공보다 수련의 속도도 빠르고 그만큼 강맹하지만, 그만큼 단점이 따른다. 마성(魔性) 자체가 무공과 함께 성장해 버린다.

천륜을 아무렇지 않게 저지르며, 마공에는 수련 방식 자체가 악랄한 것이 워낙 많았다.

"……기사분반은?"

당혜가 무곡을 찾은 부분은 넘어갔다.

사천당가 자체가 원래 정파와 사파 사이에 있다. 비록 정파에 속해 있으나, 그 수법은 사파와 닮았다.

"보는 눈이 많으니까 나중으로 미루자고."

"아가씨와 단둘이 있을 생각은 꿈에도 하지 마라."

원대식뿐만 아니라 다른 호위 무사들이 으르렁거렸다.

"대식아, 너 완전 미친 거 아니냐! 내 목숨은 하나지, 둘이 아니다!"

"감히 아가씨를 모욕하다니! 죽여 주마!"

어쩌라는 건지!

"그만."

당혜가 손을 들자 무사들이 멈췄다. 살의를 거두고, 공력에 펄럭거리던 소맷자락이 잠잠해졌다.

일행과 여행하면서 이런 모습을 한두 번 본 게 아니었다. 당혜에게서는 장군과 같은 위엄이 흘렀다.

여기에 있는 누구도 당혜를 귀한 집 아가씨 취급하지 않았다. 존경으로부터 나오는 태도였다.

"목적지는?"

"산서. 흉마의 무덤."

"칠검전쟁?"

"그래."

얼마 전, 혈근경에 대한 소식을 들었다.

'과연. 혈근경인가.'

칠검전쟁이 반드시 일어날 것은 예상했다.

다만 어떠한 것이 계기가 되는지 그것이 관건이었다.

정확하진 않아도 기억을 나열해 몇 가지를 꼽아 봤고, 그 중에는 혈근경도 있었다.

'이렇게 되면 마도이세는 어떻게 되는 거지?'

암천회는 온 무림의 적. 마도이세도 마찬가지였다.

칠검전쟁 이후, 정사대전이 십 년 동안 이어진다.

하면, 그 십 년 동안 마도이세는 무엇을 했을까?

'마도전쟁!'

마공을 수련하는 건 마교뿐만이 아니다. 혈교도 마찬가지다. 양측 다 눈을 붉히며 욕심을 부렸다.

암천회는 이에 혈근경을 미끼로 삼아 마도이세 간에 전쟁을 일으켰다. 그게 마도전쟁이다.

참고로 그때도 소림사가 나섰는데, 정사대전 탓에 다수를 보낼 수가 없었다. 그래서 소수의 고수로 구성된 정예만 보냈던 것으로 기억한다.

하지만 당시 소림사가 파견했던 정예 고수들은 혈근경을 얻지 못한 채 괴멸에 가까운 피해를 입고 만다.

'지옥의 시작이었지.'

무림은 물론이고 중원 전체가 암흑기였다.

'십 년 후, 그 지긋지긋한 전쟁들이 멈췄지만 중원 무림세력이 눈에 띄게 약화된 탓에 결과적으로 새외 세력이 중원에 눈독을 들이게 되었지.'

몇십 년 동안 전란이 끊이지 않는 시대.

'암천회이니 분명 다음에는 혈근경 대신에 다른 걸 가져

올 것이 분명하다. 전쟁은 멈추지 않을 거야.'

하나만 나와도 무림이 발칵 뒤집히는 무공을 아무렇지 않게 내놓는 이들이다. 그들이 사라지지 않는 이상 증오와 탐욕의 연쇄는 끊이지 않을 것이다.

'아직은 부족해.'

그동안 선수를 쳐서 암천회를 방해했다.

중도만공으로 회주의 힘을 깎았고, 후일 오른팔이자 암천의 검이라고도 불릴 검마를 회유했다.

그 외에도 영약을 빼앗거나 흉마의 무덤을 무너뜨리는 등의 온갖 방해를 했지만 안심하기에는 일렀다.

무려 몇십 년 동안 모습을 감추고 철저한 준비 끝에 야욕을 드러내 무림을 멸망 직전까지 내몰았다.

역대 최고라 칭송받는 영웅들과 천재가 있었고, 은거한 고수나 신비 문파까지 합세했다. 그들의 희생과 천운이 있었기에 겨우 암천회에게서 승리할 수 있었다.

'기필코 막아 주마!'

*　　　*　　　*

궁귀검수의 명성은 암천회의 귀에도 들어갔다.

"주서천…… 들어 본 적 없는 이름이군."

칠성사의 천기는 무림맹으로 따지자면 군사다.

무공이 대단한 건 아니지만, 지략으로는 으뜸이다.

암천회주조차 천기의 말에 귀를 기울이는 편이었고, 수뇌부 역시 천기의 말이라면 별말 없이 따랐다.

"흠."

사도팔문 중 일문이 멸문지화를 맞이하게 된 결정적인 요인을 준 인물이다. 신경을 쓸 수밖에 없었다.

"천선(天璇)."

"무슨 일?"

"주서천에 대해서는 아직인가?"

"무림인 중 주서천이 어디 한둘인 줄 아니? 게다가 장본인은 분쟁이 끝나자마자 모습을 감췄어. 그 탓에 사칭하는 어중이떠중이까지 나타나 골치야."

"주서천이라는 이름에 주목하지 마라. 가명일 수도 있으니, 그걸 감안해서 찾아야 한다."

주서천이 괜히 어릴 적에 몸을 숨긴 게 아니었다.

천기, 나아가 암천회는 집요하다. 자만하지 않는다. 대계에 방해가 될 인물이라면 새싹부터 자르려 했다.

"일단 화산파의 봉추는 아니니까 놈은 제외해라. 천독불침이라는 걸 이용해 독봉을 꾀어 어떻게 해 보려는 놈이니까. 여자를 밝히고 내공이 좀 많다는 것 빼곤 별로 대단할 것 없는 놈이다."

그 대단한 천기조차도 설마 구종과 정면 승부하고 승리를 거둔 자가 열여덟 살밖에 안 될 것이라곤 상상조차 하지 못했다. 그만큼 상식에서 벗어난 일이었다.

"그게 얼마나 걸리는지 알고는 있어?"

"안다. 시간은 상관없으니 찾으라는 의미다."

"확실히 화경이 흔한 건 아니지만, 그래도 그 정도 고수에게 그렇게까지 신경을 쓸 이유가 있는 거니?"

"아직 추측에 불과하지만, 어쩌면 그놈이 흉마의 무덤을 수몰시킨 장본인일지도 모르니까."

"……!"

천선이 깜짝 놀랐다.

"……확실해?"

천기는 그 누구보다 철저하며 지혜롭다. 그렇기에 암천회주는 그에게 천기라는 이름을 맡겼다.

"확실한 건 아니지만, 그래도 가능성이 없는 건 아니다. 정보에 의하면 명검을 지니고 있다 했는데 그것이 태아일지도 모르고, 무엇보다 정체를 숨기고 있는 게 마음에 들지 않아. 네가 힘들어할 정도이니까."

천선은 암천회의 정보를 관할한다. 천기에게 올라가는 보고 전부를 알고 있는 자가 천선이었다.

그 보고에 따른 정보의 출처가 천선에게서 나왔다.

"사문 불명의 신비 고수. 설사 동일 인물이 아니라 할지라도 알아내는 데 충분히 가치가 있지. 분명 누구에게도 알려 주지 않고 정체를 숨기고 있을 것이다."

암천회가 궁귀검수를 쫓기 시작했다.

당혜가 눈을 게슴츠레 뜨고 묻는다.

"당신이 궁귀검수지?"

"그래."

주서천이 시원스레 답했다.

"안 숨기네?"

"짚이는 점이 너무 많잖아."

기사분반을 구하러 가겠다고 사라지더니, 얼마 후에 동명이인의 고수가 나타나 이름을 떨쳤다.

이후 곧바로 도망치는 것처럼 사라졌다. 모든 상황을 알고 있는 당혜 입장에선 알 수밖에 없었다.

무엇보다 당혜는 주서천과의 첫 만남 때 그의 무공이 범상치 않다는 걸 확인했었다.

따라온 호위 무사들은 주서천을 그저 출신만 좋은 애송이라 우습게 여겼으나, 당혜는 아니었다.

보는 눈이 있어서 말해 주지 않았을 뿐, 당혜와 둘이 있을 기회가 오자 솔직하게 답했다.

"이렇게 솔직하게 나오니 허탈할 정도네."

"너에겐 아무렇지 않게 대답하긴 했지만, 이건 비밀로 해 주지 않겠어?"

"그 정도의 눈치는 있어. 애초에 비밀로 하려 하지 않았더라면 세가의 무사들을 신경 쓸 이유는 없잖아."

"고맙군."

쓸데없이 설명해 가며 알려 줄 필요가 없으니 편해서 좋았다. 유능한 사람이 곁에 있으면 이래서 좋다.

"나 말고 누가 알고 있어?"

"아직 너밖에 없지만, 금의상단주와 제갈승계. 그리고 얼마 전에 헤어진 무곡이 알게 될 거다."

"당신에 대해서 점점 더 궁금해지네."

처음에 봤을 때는 패배와 치욕을 알려 준 원수였다. 그 이후로도 마찬가지였다. 별생각이 없었다.

하지만 얼마 전 사건으로 인해 그 인식이 송두리째 바뀌었다.

"아무리 대문파의 제자라 할지라도, 하물며 도사가 상단과 친하다는 것 자체가 이상해. 무엇보다 무림도 잘 모르는 기사분반 같은 법보의 위치를 알고 있고, 폭섬도문주와 싸워 승리한 건 보통 일이 아니니까."

"그래, 그동안 숨겨 왔지만 내 무공은⋯⋯."

"이야기하고 있는데 헛소리하지 않았으면 좋겠어. 어차피 나 때처럼 무언가 비열한 수단으로 이긴 것이겠지. 주변 사람들을 이용하거나, 화경이라는 자만심을 찔렀다거나. 그렇잖아?"

"⋯⋯."

사전에 말을 잘라 버리는 악랄한 성격!

당혜와 헤어질까 진지하게 고민하는 주서천이었다.

* * *

산서, 흉마의 무덤.

현 무림의 소란스러운 근간이 되는 혈근경. 누렇게 변질된 그 서적은 노승(老僧)의 손에 쥐어져 있었다.

소림사 방장과 같은 항렬의 승려, 혜법(慧法)이 혈근경을 읽다 말고 덮었다.

자비로 가득해야 할 그 얼굴은 불쾌함으로 잔뜩 일그러져 있었다.

"무슨 일이오?"

상명진인이 의아해하며 물었다.

"가짜라고 말한들 그 말을 믿을 수는 없소."

산화일장이 의심스러운 눈초리로 혜법을 노려봤다.

"아니, 그 반대입니다. 혈근경이 틀림없습니다."

혜법이 염주 알을 돌리면서 확언했다.

"하오면, 어째서 도중에 덮은 것이오?"

"혈근경은 소림의 승려가 읽을 경우, 자연스레 빠져들게 만들어 구결대로 운기하도록 되어 있습니다."

그제야 좌중이 이해한 듯 고개를 끄덕였다.

"그렇다면 혈근경은 진본이 틀림없군!"

감정 결과가 진본으로 밝혀진 날.

족히 수십 마리 이상이 되는 전서구들이 날았다. 그 날은 유독 하늘에 비둘기나 매가 많았다.

이 소식이 천하에 알려지자, 당연히 반응도 격렬했다. 온 관심이 흉마의 무덤으로 향했다.

"허, 그렇다면 전쟁이라는 겐가!"

"전쟁이긴 한데, 산서. 그것도 흉마의 무덤이 위치한 남부 지방에 한해서인 것 같네."

"이런! 친척이 산서에 산다 했는데……."

지역이 제한되어 있긴 해도, 전쟁은 전쟁이다.

수뇌부에선 소규모라고 지정하긴 했지만, 그 구성원을 보면 결코 아니었다.

무림맹과 사도천, 마교의 전력이 모였다.

죽이지 못해 안달인 이들을 한곳에 두었으니 무슨 일이 벌어질지 상상조차 하고 싶지 않았다.

여하튼, 삼대 세력은 보름 동안 전쟁의 준비를 서둘렀다. 각 지역에서 몇몇의 고수가 산서로 향했다.

또한 칠검전쟁에 몇 가지 안내 사항이 붙었다.

一. 각 세력의 인원을 일천으로 제한한다.

二. 칠대 세력 외에도 참전을 허가하나, 한 세력당 열 명 이상을 받지 않도록 한다.

三. 혈근경은 보름이 되기 전날 밤. 각 세력 대표가 사방에서 잘 보이는 고원의 정상에 두고 떠난다.

四. 이 모든 걸 어길 시 불이익이 발생할 수 있음.

"아니, 사파 놈들이랑 마교도가 이런 걸 지키겠어?"

세간에 네 가지 사항이 공개되자 토론하기 좋아하는 사람들이 모여서 답답한 듯이 불만을 털어놓았다.

"쯧쯧, 자네는 뭘 모르는구먼."

"그게 뭔 소리인가?"

"아마 무림맹도 사도천도, 마교도 이걸 확실하게 지킬 생각은 없을 걸세."

"아니, 그럼 이런 건 왜 만든 겐가?"

"아예 없는 것보단 나으니까 그렇지. 최소한의 억제라 할 수 있지."

"자세히 말해 주겠나?"

"숫자를 제한하지 않으면 오천이나 만으로 늘어나 규모가 커져 걷잡을 수 없을 것이고, 참전하는 세력을 제한하지 않았다간 위와 동일한 상황이 벌어질 것이며 각 세력의 수장들이 골치 아파하겠지."

"하면 세 번째와 네 번째는 무엇인가?"

"잘 생각해 보게. 쉬우니까."

"아이고, 이 사람아! 졌네, 졌어! 내 오늘 비싼 술과 음식을 제공할 테니. 어디 한번 말해 보게나!"

"흠흠. 보름 동안 혈근경은 필시 누군가에게 도난당하지 않도록 철저한 감시하에 보관될 걸세. 당연히 감시자들은 정사마에서 뽑은 이들일 거고."

"그리고?"

"전쟁이 벌어지기 전에는 감시가 심하고, 교대도 수없이 이루어지고 눈치 보여 어떻게 해 볼 수가 없지. 그리고 사고를 치면 불이익을 당할 수 있으니까. 다만 문제는 전쟁이 벌어지기 전날일세."

"어째서인가?"

"공동으로 감시하는 자들을 쳐 죽인 다음, 혈근경을 손에 넣어 근처에 대기 중인 아군에게로 달려갈 수 있으니까.
충분히 가능성 있는 일일세. 그게 성공한다면 수뇌부에게
처벌은커녕 찬사를 받을 걸세."

"호오!"

"그런 일이 없도록 아예 전날에 모두가 잘 보이는 곳에
두고, 접근을 제한. 그리고 그 이튿날에 승부를 보면 그만
일세. 그리고 네 번째는 이 모든 걸 어길 시 두 세력이 동맹
하여 한 세력을 끝낼 수 있는 명분이 되어 주네."

일 항과 이 항은 지켜지기가 어렵다.

혈근경이 눈앞에 있는 데다가, 정파와 사파. 그리고 마교
는 기본적으로 서로를 결코 믿지 않는다.

그런 무신뢰 속에서 급조된 것을 믿을 리 없다.

분명 적이 고수를 초빙하거나 전력의 숫자를 넘게 준비
할 것이라고 생각해서 대응할 것이다.

물론 대놓고 위반할 수는 없다. 어디까지나 눈에 띄지 않
는 한에서다.

"과연! 최소한 이런 것이 있어야 그래도 최악의 상황은
면할 수 있다는 말 아닌가?"

"그렇지."

"누가 생각한 건지는 몰라도 참으로 탁월하구만!"

"무림맹 부군사, 제갈상일세."

"과연, 지룡!"

미래대로 제갈상은 정사대전 이전부터 눈부신 활약을 보였다. 오룡삼봉 중에서도 명성이 제일이었다.

자연에 압도되는 가파른 계곡을 지나면 수심이 십 척 정도 되는 황하가 나온다. 비교적 옅은 수심을 지닌 황하는 한 곳을 둥글게 에워싸고 있는데, 산서 남부 지방에 보기 드문 드넓은 고원이었다.

무림맹, 사도천, 마교는 이 고원 주변 황하 너머의 들판에서 진지를 구축해 전쟁의 준비를 하고 있었다.

칠검전쟁까지 일주일 남짓. 무림맹은 인원 점검을 하던 도중 생각지도 못한 방문객을 맞이하게 된다.

"독봉? 독왕의 손녀 말인가?"

상명진인이 흰 눈썹을 매만지면서 의아해했다.

"예, 그렇습니다."

옆에 있던 중년인이 답했다. 남궁위무의 아들이자 현 남궁세가의 가주의 동생인 남궁재영(南宮才英)이었다.

"사천당가가 참전한다는 말은 듣지 못했는데……."

독봉이라는 고수는 문제가 아니었다. 상명진인이 신경 쓰는 것은 독봉, 그녀의 신분이었다.

무림에서 명가의 적통이란 건 곧 그 가문의 대표로도 볼 수 있었다.

보통 무공이 강하더라도 혼자 움직이지 않고, 그 근처에는 십수 명의 고수가 자연스레 붙지 않는가.

이렇다 보니 개개인으로 볼 수는 없다.

"그게…… 확인해 보니 저희가 생각하는 건 아닌 듯싶습니다."

"그게 무슨 소리인가?"

"방금 전 들은 보고에 의하면, 독봉이 사천당가의 대표 입장으로 온 것은 아니라고 스스로 말했다고 합니다. 실제로 당가의 무사들도 적었습니다. 그리고……."

"그리고?"

"화산파의 제자와 동행하고 있을 뿐만 아니라, 금의상단 소속의 무사들과도 있다 합니다."

"으음?"

더더욱 이해가 가지 않았다.

금의상단을 모르는 건 아니다. 최근 상계뿐만 아니라 무림에도 이름을 날리는 유명 상단이었다.

한데 그들이 왜 이곳 칠검전쟁에 나타났는지, 그리고 사천당가와 함께하고 있는 이유는 무엇인지. 그것이 의문이었다.

*　　*　　*

칠검전쟁에 사망자가 다량으로 발생하는 건 막아야 한다. 그러지 못하면 전란의 시대의 시작점인 정사대전이 시작될 가능성이 높았다.

정사대전의 계기는 정말로 간단했다.

칠검전쟁에 참전했던 무림맹과 사도천이 서로 죽고 죽이면서 무수히 많은 은원 관계를 형성한 탓이었다.

'구성원들이 별반 차이 없긴 하지만, 그래도 확실히 전생의 칠검전쟁과는 다르다.'

애초에 장소 자체가 흉마의 무덤이었다. 이곳에는 무덤 내부의 기관이나 함정도 존재하지 않는다.

사실상 전처럼 일 년 동안 이어질 일은 없었다.

원래의 칠검전쟁은 흉마의 무덤이라는 지형 특성상 기관이나 미로가 많았고, 자연스레 싸움이 길어질 수밖에 없었다.

하지만 이번에는 그런 것이 없으니 오래 걸리진 않겠지만, 대량으로 사망자가 나올 수는 있었다.

게다가 암천회도 신경 써야 했다. 그들은 첩자와 풍자를 통해서 상황을 교묘하게 이용하려 했다.

이로써 목적은 둘. 혈근경과 암천회의 첩자였다.

우선 혈근경을 손에 넣으려면 칠검전쟁에 참전해야 하는

데, 마음대로 할 수 있는 게 아니었다.

화산파와 봉추라는 이름을 걸고 찾아가 봤자 칠대 세력이 아니라면서 내쫓길 게 뻔했다.

그래서 독봉의 명성을 빌렸다. 예상대로 잠시만 기다려 달라는 답변을 받을 수 있었다.

시간을 되돌려 일행이 흉마의 무덤 인근에 도착했을 무렵, 마중을 나온 사람들이 있었다.

"여! 주 대장!"

주서천에게는 반가운 얼굴이었다.

"초련."

주서천이 웃으면서 손을 들어 인사했다.

삼안신투의 비고 때, 열 명의 무사가 함께했다. 초련은 그중 홍일점으로 지금은 질풍십객 중 일인이다.

그 누구도 초련을 보고 여자라고 무시하지 않는다. 그 손에 목이 베인 자가 한둘이 아니었다.

외관만 해도 웬만한 남성 못지않게 완벽한 근육을 지니고 있고, 흉터도 상당해 위압이 느껴질 정도였다.

"오랜만이오."

강서를 떠날 당시, 무곡과 무선화에 대한 것 외에도 금의검문의 지원 병력이 필요하다는 걸 덧붙였다.

그러자 초련이 일군 소속의 무사 아홉을 데리고 왔다.

"주 대장, 너무 예의 바른 거 아니오? 왕 오라비에게 말 편히 한다는 걸 전에 들었소. 편히 놔 주시오."

"그렇습니다, 주 대장."

초련 뒤의 질풍검객들도 동의했다.

"그러지."

주서천이 흔쾌히 승낙했다.

"질풍이객."

당혜가 초련의 이름을 듣자마자 알아봤다.

"그대는……?"

당혜가 대답 대신에 면사포를 거뒀다.

"헉!"

"흡!"

여기저기서 숨이 멈추는 소리가 들렸다. 금의상단 소속 무사들은 입을 떡 벌린 채 넋을 잃었다.

같은 여자인 초련조차 당혜의 미색을 보고 감탄한 듯, 눈을 껌뻑였다.

"허어, 봉황을 보는 건 난생처음인데 정말 예쁘긴 더럽게 예쁘군."

"과찬이십니다. 질풍이객, 그대 역시 아름다워요."

"이런 근육질 아줌마가 뭐가 아름답다는 겁니까."

초련이 쓰게 웃었다.

"자고로 미(美)의 기준이란 건 주관적인 것이지요. 무인으로서 잘 단련된 근육과 경험을 증명하는 흉터. 그리고 당당한 그 태도가 아름답지 않으면 무엇이 아름답다고 하겠어요?"

당혜가 평소답지 않게 부드러운 어조로 찬사를 전했다.

초련이 부끄러운지 크흠, 하고 헛기침을 했다.

주서천은 대충 인사를 나눈 다음 본론을 꺼냈다.

"이곳에 온 걸로 대충 예상했겠지만, 그대들을 부른 것은 칠검전쟁에 참전하기 위해서다. 만약 되돌아가고 싶다면 지금이라도 상관없으니 돌아가도 좋아. 이 점에 대해선 어떠한 불이익도 없을 거라 맹세하지."

"대장이 그렇게 나올 줄 알고 상단주께서 사전에 몇 번이나 물어봐 주었소. 걱정하지 마쇼."

"알았다. 그럼 일행을 서로 소개하도록 하지. 이쪽은 사천당가에서 오신 독봉 당 소저다."

"곁에 있는 분들은 세가의 호위 무사입니까?"

"그래. 그리고 이쪽은 질풍십객의 초련과 금의상단 소속의 무사들이다. 아, 이제는 금의검문인가."

"반갑소."

열 명이 포권으로 예의 바르게 인사했다.

당가의 무사들은 그다지 달갑지 않은 표정이었으나 대놓고 불만을 제기하지는 않고 인사에 답해 줬다.

그들 입장에서 금의검문에 속한 무사들은 돈에 무와 명예를 팔아 버린 자들이었다.

무인들은 그러한 부류를 좋아하지 않는다. 당혜가 아무 말도 하지 않기에 입을 다물고 있었다.

정작 금의검문은 그 시선이 익숙해 아무렇지 않게 넘겼다. 신경 쓰지도 않는 눈치였다.

"자, 우리가 이렇게 손을 잡게 된 건 혈근경이 사도천이나 마교에 넘어가지 못하도록 하기 위해서다."

"……?"

초련이 뭔 개소리냐는 표정을 지었다.

"……?"

독봉도 미간을 찌푸렸다.

"무림의 평화를 지키기 위해서라도 칠검전쟁에 참전하고 싶었지만, 나 혼자서는 불가능해 이렇게 여러분의 손을 빌렸……."

주서천이 말하는 도중 두 여성의 목소리가 끼어들었다.

"주 대장. 농담 말고 그냥 말해 주시오. 뭔가 손에 넣기 위해서 아닙니까?"

"주서천. 뭘 꾸미고 있는지는 모르겠지만 진실을 말하도록 해."

"……?"

주서천이 입을 다물었다가 고개를 갸웃거렸다.

"아니, 그런 거 없는데?"

"하하하! 주 대장! 재미있는 농담이었습니다!"

금의검문 무사가 소리 높여 웃었다.

"평화라니. 왜 그런 뻔히 들킬 말을 하는 거요?"

"아. 혹시 이번엔 명예를 드높이기 위해서요?"

주변의 반응에 주서천이 어이없어했다.

"아니, 진짜라니까?"

무림의 평화라는 건 진심이다.

혈근경을 없애고, 각 세력에 숨어든 암천회의 첩자를 처리한다. 평화와 직결된 문제가 아닌가.

다만 후자의 경우에는 제대로 설명할 수 없지만.

"과연, 이번 임무는 기밀인가."

초련은 주서천의 말을 그대로 믿지 않았다.

질풍십객에게 있어 주서천은 삼안신투의 비고에 대해 먼저 알고 일찍 혼자 독차지하려 했던 사람이었다.

가족이나 다름없는 사문에도 알리지 않고, 돈에 환장한 이의채와 손잡고 행동하지 않나.

그들 입장에서 주서천은 정파에서 엇나간 양반이었다.

"마음 같아선 그 입을 비틀어 주고 싶지만, 사정이 있어 보이니 참도록 하겠어. 대신 다음에 답변해 줘."

당혜의 눈으로 본 주서천은 초련이 생각하는 것과 마찬가지로 자신의 이익을 위해서만 움직이는 사람이었다.

무선화를 도와주는 것도 결국 무곡의 힘을 빌리기 위해서였지 병자를 도와주기 위함이 아니었다.

협의와는 너무나도 거리가 멀었던 모습만 보여 줬기에 평화라는 말을 믿기는커녕 코웃음만 쳤다.

"아니, 진짜라니까. 무림 평화. 무림 평화."

주서천이 억울하다는 듯이 외쳤다.

"무림 평화? 혹시 여기에 어떤 암호가 있는 건가?"

초련이 상단주의 말을 떠올리며 고민에 잠겼다.

주서천은 입을 꾹 다물고 울상을 지었다.

"아이고, 믿을 사람 불렀더니 아무도 안 믿는 내 신세야!"

*   *   *

산서에서 사천은 그렇게까지 멀지 않다. 전서응으로 대화를 하는 데 이틀에서 사흘이면 충분했다.

상명진인은 독봉의 참전 소식을 독왕에게 보내 어떻게

된 영문인지 설명을 요청했다.

혹시라도 괜히 참전시켰다가 눈먼 화살에 비명횡사라도 하면 곤란했다.

오룡삼봉 중 독봉이니 무공이 부족한 건 아니었지만, 칠 검전쟁에 참전하는 무인들 모두 쟁쟁한 실력을 지녔으니 그렇게까지 안전한 건 아니었다.

"독왕에게 답변이 왔습니다."

"뭐라는가?"

"세가의 의지가 아닌 독봉의 독단이라 합니다. 지원 병력을 보내지 않을 생각이며, 참전을 요청했다면 상관없으니 마음대로 편성하라 하더군요."

"허, 독왕이 자식들에게 매정하다고 하더니만……."

상명진인도 남궁영재도 어이없는 표정을 지었다.

오대세가라 하면 혈육을 무엇보다 중요시한다.

한데 무능해서 내놓은 자식도 아니고, 설마하니 오룡삼봉 중 독봉을 이런 취급할 줄은 몰랐다.

"흔히들 사자는 자기 자식을 절벽에서 떨군다는 속설이 있지요."

당혜가 옅게 미소 지었다. 괜히 사천제일미가 아니라는 듯, 막사 안의 무사들이 몸을 움찔 떨었다.

상명진인이나 남궁영재야 나이도 있는 데다 지닌 무공이

대단해 심법으로 평정을 유지할 수 있었다.

상명진인은 한숨을 푹 내쉬곤, 배꼽 부근까지 내려오는 흰 수염을 매만지면서 걱정스레 물었다.

"정말로 괜찮겠느냐."

아직 미래가 창창한 젊은이를 내보내고 싶지 않았다. 몇 번 설득해 봤지만 본인의 의사가 확고했다.

"네. 저 혼자만 있는 건 아닌걸요. 화산파의 주 공자도 있고, 금의검문의 무사들도 있습니다."

당혜가 시선을 옆으로 돌렸다. 절도 있는 자세로 서 있는 주서천이 있었다.

일행은 참전과 편성을 위해 보고를 올리고, 상명진인에게 불림을 받자마자 찾아가 인사했다.

'태허검자(太虛劍子).'

주서천은 상명진인을 힐끗 쳐다봤다가 과거의 기억을 떠올렸다. 그에 대해선 잘 알고 있었다.

수많은 마인들이 그의 손에 의해 목숨을 잃었고, 마교는 상명진인의 이름만 들어도 이를 갈았다.

무공도 무공이지만 지도자로서의 면모도 보통이 아니었다. 암천회에서도 눈엣가시로 여기는 인물이었다.

신강에서 종종 내려오는 마교도를 저지한 일등 공신이었고, 은거해도 될 나이가 되었음에도 불구하고 끝까지 남아 자신을 희생해 암천회와 싸웠다.

"으음?"

상명진인은 자신을 바라보는 시선이 느껴지자 고개를 갸웃거렸다.

"내 얼굴에 뭐라도 묻었느냐?"

"이런, 죄송합니다. 명성이 자자한 곤륜의 장문인을 뵙게 되어 저도 모르게 그만 실례를 범했습니다. 후배의 무례를 부디 용서해 주십시오."

주서천이 깍듯한 태도로 사과했다. 절도 있는 몸짓뿐만 아니라 진심으로 우러난 존경심이 보였다.

실제로 거짓이 아니었다. 상명진인은 주서천이 한때 동경했던 영웅이기도 하였다.

많은 노력 끝에 곤륜파를 대표하는 고수가 되었을 뿐만 아니라, 장문인에 오른 뒤에는 후학을 위해 모든 걸 희생했다.

"흠……."

상명진인은 그런 주서천을 신기한 듯 쳐다보았다.

'독봉이 화산파의 제자에게 두 번이나 패배했다고 하던데, 그 제자가 이 아이인가.'

상명진인은 주서천을 살펴봤지만, 그 경지를 완벽히 가늠을 수 없었다. 경지가 엇비슷한 탓이었다.

원래 동수끼리는 경지를 알아볼 수 있지만, 자하신공의 드러나지 않는 특성 덕에 숨겨졌다.

　경지를 아예 알 수 없다면 의심을 받았겠지만, 기세를 적당히 조절해서 하수로 속여 피할 수 있었다.

　"좋아, 알겠네. 내 잘하는 행동인지 아직도 고민되는 바이나, 본인들이 무림맹을 위해서 싸우고 싶다 하니 막을 수 있겠는가. 그리하도록 하게."

　"금의검문도 말입니까?"

　남궁영재가 마음에 안 드는 듯이 물었다.

　"금의검문은 어떠한 보상도 원하지 않는다고 합니다. 그들 역시 필시 혈풍이 걱정되는 것이겠지요."

　주서천이 뻔뻔하게 거짓말을 했다.

　칠검전쟁에 참전하면 상단에서 보상이 나온다.

　"강호의 협의가 예전과 같지 않다고 생각했는데, 내 그동안 착각을 한 것 같군. 흔쾌히 받아들이겠네."

　무림맹 진영 측이 시끌벅적해졌다.

　"독봉!"

　"허! 정말로 아름답군!"

　당혜가 지나갈 때마다 사내들이 숨을 멈췄다. 주변의 이목을 단숨에 주목시킬 아름다움이었다.

"그럼 저놈이 봉추겠군!"

"화산의 봉추!"

"부럽구나, 봉추!"

주서천은 봉추라 불릴 때마다 몸을 움찔 떨었다.

"왜 그러신지요, 봉추 공자."

당혜가 한쪽 입꼬리를 살짝 올려 웃었다.

'기분 참 오묘하군.'

부러움과 질투가 뒤섞인 시선. 저들이 어떠한 생각을 하고 있는지 누구보다 잘 알고 있었다.

마치 동경(銅鏡)에 비치는 자신을 보듯, 과거의 기억이 새록새록 피어올랐다.

오룡삼봉. 이십 대 최고의 영웅을 칭하는 이름. 그 뒷모습을 보면서 얼마나 부러워하며 바라보았는가.

다만 독봉의 곁에 있다는 걸로 부러움을 받으니 좋다고만 할 수는 없었다.

"어흠!"

일행에게 돌아가는 도중, 어떤 무리가 막아섰다.

"안녕하시오, 독봉 소저!"

남녀로 구성된 열댓 명의 무리였다. 공통점이라면 비슷해 보이면서도 엄연히 다른 도복 차림이었다.

"오룡삼봉 중 독봉을 만나 뵈어 영광이오. 내 고찬정이라 하외다."

'누구더라.'

익숙한 이름은 아니었다.

"소태산(小泰山) 대협이로군요. 반가워요."

당혜가 대신 의문을 풀어 줬다. 오악검파 중 태산파의 소문주였다.

고찬정은 당혜가 자신의 별호를 알아봐 주자, 으쓱이면서 자랑하듯이 주서천을 쳐다봤다.

'어쩌라고?'

정말로 의미를 모르겠다.

"무슨 일로 절 불러 세우신 건가요?"

당혜가 미소를 유지한 채로 물었다. 주서천이 그 미소를 보고 속으로 혀를 찼다.

'쯧쯧. 중요한 일이 아니라면 독을 처먹이겠다는 뜻이군. 부디 제대로 된 말을 해야 할 것이다.'

주서천이 고찬정을 걱정해 줬다.

"아, 설명을 드리기 전에 일단 일행분들을 소개하겠소."

고찬정이 말하자 양옆에 있던 두 남녀가 나왔다.

"숭산파의 일지검(一枝劍) 대협이오."

"반갑소. 곽채라 하외다. 정말 아름답구려."

곽채가 공손하게 인사하면서 그녀의 미모를 극찬했다.

그의 눈동자는 당혜를 살피느라 바빴다.

"그리고 항산파의 검화(劍花) 대협이오."

"안아연이라고 해요."

안아연은 특이하게도 당혜가 아니라 주서천을 쳐다봤다. 아니, 쳐다보는 게 아니라 노려보고 있었다.

관심이 아닌 멸시나 혐오에 가까운 감정이었다.

'과연, 항산파의 비구니인가.'

오악검파 중 항산파는 비구니로 구성된 문파다.

화산파와 사이가 특히 좋지 않은데, 이는 항산파의 절기인 절매산엽검식(絕梅散葉劍式)을 창안한 조사가 화산파의 파문제자 출신이라서 그렇다.

그때부터 화산파에 대한 악감정은 풀리지 않고 지금까지 내려와 여전히 이어지고 있었다.

강호에서 오악검파끼리 친분 교류를 할 일이 생기면 화산파와 항산파 만큼은 서로 사이가 안 좋았다.

'아무리 미워도 그렇지, 따지고 보면 동문인데 암천회에 화산파에 대한 정보를 판 건 너무하잖냐.'

그 악감정은 전란의 시대 때 좋아지긴커녕 악화됐다. 결국 첩자의 침입까지 허용한 데다가 최후에는 눈이 돌아가서 화산파에 대한 정보까지 넘기는 막장 짓을 일삼는다.

"그래서, 무슨 일이죠?"

당혜가 재차 물었다.

"다름 아니라, 정파의 후기지수가 모인 자리가 아니오? 아직 시간도 육 일이나 남았으니, 괜찮다면 친목을 도모하는 건 어떤지 제안하러 왔습니다. 이런 기회가 어디 흔합니까? 하하하!"

고찬정이 목소리를 높여 자랑스레 웃었다.

'미친놈이네.'

피식.

어이가 없어서 웃음이 튀어나왔다.

"뭐가 그리 웃기지?"

고찬정이 마음에 안 드는 어조로 물었다.

"육 일밖에 남지 않았는데 주변 시선에 아랑곳하지 않고 한가하게 친목이나 도모하자고 하니 웃길 수밖에."

"호호호. 이래서 하수란 어쩔 수 없다니까."

고찬정 대신에 안아연이 답했다.

"사람이 너무 굳거나 긴장하면 실수하는 법. 원래는 몸을 풀어 주기 위해서라도 이렇게 해 줘야 한단다. 이런 것도 모르는 녀석이 화산파의 제자라니, 화산의 이름도 떨어질 대로 떨어졌나 봐?"

안아연이 기다렸다는 듯이 주서천을 깎아내렸다.

"하하하!"

"맞는 소리를 하는군!"

고찬정과 곽채가 맞장구치면서 웃었다.

그 뒤에 있던 젊은 무인들도 수긍했다.

"허어!"

주서천이 감탄했다.

"정말로 그린 듯이 나오는 안하무인이 한 명도 아니고 세 명이나 있을 줄이야!"

전란의 시대 때, 대문파의 제자 중 뭣 모르는 철부지가 이런 적이 있어서 낯설지 않은 광경이었다.

당시 그다지 대단하지 않았던 자신이 뭐라 하지는 못하고 욕만 하고 넘어갔던 기억이 났다.

"뭐, 뭐라고? 안하무인?"

세 사람의 얼굴이 약속이라도 한 듯 벌겋게 달아올랐다. 부끄러움이 아니라 분노 탓이었다.

곽채가 허리춤에서 검을 뽑으면서 언성을 높였다.

"입 닥쳐라, 봉추! 독봉 소저에게 비겁한 수를 써서 승리하고, 약점을 잡아 그녀를 데리고 다니는 주제에 어딜 뚫린 입이라고 지껄이느냐!"

"입 닥쳐라, 일지검! 독봉이라고 해서 눈이 벌게져선 전쟁 상황이란 것도 잊은 채 당혜와 잘 좀 해 보고 싶다고 생각하는 주제에 어딜 뚫린 입이라고 지껄이느냐!"

"이이익!"

"네 이놈이라고 외치면서 나에게 검을 휘두른다는 것에 내 손가락을 걸지!"

주서천이 확언했다.

"네 이노오옴!"

곽채가 화를 참지 못하고 검을 휘둘렀다.

주서천이 몇 걸음 퇴보해 가볍게 회피했다.

"무슨 일이지?"

"싸움이다!"

"어르신을 불러야 하나?"

주목을 받고 있다 보니 금세 소란이 일어났다. 웅성거림이 커지자 고찬정이 곽채를 말렸다.

"진정하게, 일지검 대협. 일을 크게 벌여서는 아니 되오. 저자의 간계에 걸려들지 말고 진정합시다."

"큭!"

곽채가 입술을 질끈 깨물었다가 검을 갈무리했다.

"바보들 놀리는 게 재미있어?"

고찬정이 순간 두 귀를 의심했다. 그 일행들도 마찬가지였다. 방금 전 목소리는 독봉의 것이었다.

당혜는 눈썹 하나 까닥하지 않고, 얼음장처럼 차가운 목소리로 다음 말을 이었다.

"괜한 소란 일으키지 말고 가자. 어차피 저들 중 하나는 결국 잘난 척만 하다가 무공도 제대로 펼치지 못해 전장에서 수하들을 방패로 삼고 젖은 바짓가랑이를 붙잡으면서 떨 테니까 넘어가 주면 안 돼?"

"……."

주서천이 입을 다물었다.

이렇게까지 생각한 적은 없었다.

당혜는 주변의 시선에 미안한 듯 옅게 웃었다.

"실례해요. 혹시나 잘못 들은 것은 아닌지 착각한 것이라면 비수를 머리에 꽂고 돌려서 다시 생각해 보는 걸 추천해 드릴게요. 그리고 부탁이니 최대한 접근하지 말고 전쟁에 대비했으면 좋겠어요. 저는 무림의 미래를 짊어진 여러분이 죽지 않기를 원하는걸요."

뒤에 있던 주서천이 무릎을 탁 치며 감탄했다.

'나도 볼일만 끝내고 이 여자랑 얼른 헤어지자!'

〈다음 권에 계속〉

화산전생

"이번에는 다를 거다.
너희 뜻대로는 되지 않아."

새로운 운명, 그리고 다시 움직이는 피의 수레바퀴.
지금 여기서 회귀 영웅의 전설이 펼쳐진다!

정준 작가의 신무협 장편소설
『화산전생』을 가장 빨리 보는 방법!

'스마트폰으로 접속!'

龍帝劍傳

용제검전

윤민호 신무협 장편소설

ORIENTAL FANTASY STORY & ADVENTURE

『악제자』, 『용맹마도』의 작개!
윤민호 신무협 장편소설

몰락한 작은 무문에서 맺어진 기이한 인연(因緣),
천하를 격동시킬 전설은 그렇게 시작되었다!

dre...
boo...
드림

DREAMBOOKS★